블라인드

블라인드

초판 1쇄 | 인쇄 2018년 10월 08일
초판 1쇄 | 발행 2018년 10월 12일

지 은 이 | 장마리
펴 낸 이 | 권영근
기획편집 | 조희림
책임편집 | 권영임
디 자 인 | 여현미

펴낸곳 | 도서출판 바람꽃
등   록 | 제25100-2017-000089
주   소 | (03387) 서울시 은평구 연서로22길 16-5, 501호(대조동, 명진하이빌)
전   화 | 010-7184-5890
팩   스 | 070-7314-6814
이메일 | greendeer@hanmail.net

ISBN 979-11-962706-3-6 03810

값 13,000원

이 도서는 한국출판문화산업진흥원의 출판콘텐츠 창작 자금 지원 사업의 일환으로
국민체육진흥기금을 지원받아 제작되었습니다.

이 도서의 국립중앙도서관 출판예정도서목록(CIP)은 서지정보유통지원시스템 홈페이
지(http://seoji.nl.go.kr)와 국가자료공동목록시스템(http://www.nl.go.kr/kolisnet)에
서 이용하실 수 있습니다.(CIP제어번호: CIP2018031640)

블라인드

장마리 장편소설

바람꽃

차례

블라인드

"데자뷔라는 말 알아?"

"최초의 경험인데도 이미 본 적이 있거나 경험한 적이 있는 것 같은 이상한 느낌?"

"사람의 뇌는 엄청난 기억력을 가지고 있어서 스치듯이 본 것을 잊어버리지 않고 차곡차곡 뇌세포 속에 저장하고 있대. 그런데 이런 정보들을 모두 꺼내는 것은 아니고 자주 보고 접하는 것들만 꺼내본다고 해. 뇌는 훨씬 많은 것을 기억하고 있기 때문에 우리가 무의식중에 했던 일을 다시 하거나 방문했던 곳에 갔을 때, 처음 하는 일 같은데 똑같은 일을 한 것처럼 느끼는 것이지."

"왜, 그런 말을 해?"

"추리소설에서 많이 나오기도 하니까."

"내 습작품이 추리소설 형식이긴 해."

"바닷가 모래밭에 남자아이와 여자아이가 있어. 남자아이는 파란색 수영복을 입었고 여자아이는 분홍색 수영모에 수영복을 입었지."

"둘은 그날 처음 만났어."

"남자아이가 두 살 위였어. 그래서 여자아이가 오빠라고 불렀지."

"바닷가에는 사람이 없었어. 늦게 떠난 휴가라 그랬어. 바닷물은 너무 차가웠지만 모래사장은 따뜻했어. 그래서 모래사장에서 놀았어."

"여자아이가 꽃게를 발견하고 잡으려다가 손을 물렸지."

"우는 여자아이를 달래기 위해 남자아이가 예쁜 소라를 하나 집어 주었어."

"그래, 그랬지."

"……."

"……."

"언제…… 어떻게…… 알았어?"

"네 습작품을 본 후에……."

"그럼…… 내 눈을 가려준 게…… 오빠가 맞구나?"

다시 그 자리

사건번호 2015**312 살인

피고인 신미나(22년, 여) 학생

사건 경유는 피해자 이경민(24년, 남)을 신미나는 살해의 목적으로 주방에 있는 식칼(총 길이 34cm, 칼날 길이 22.5cm, 증 제1호)로 피해자의 오른쪽 가슴을 정확히 세게 1회 찔러 피해자를 쓰러지게 했다. 그 후 피해자의 한쪽 눈을 칼로 찔러 망막을 파괴 손상시키는 잔인한 행동을 보탰다. 단 1회 칼질로 피해자는 양쪽 폐, 대동맥, 폐동맥이 절단되었고 119구급대원에 의해 병원으로 옮겨졌으나 과다 출혈로 인한 저혈량성 쇼크로 사망했다.

이 사건 범행은 평소 연인 사이였던 이들이 술을 마시고 흥분한 피고가 피해자의 생명을 앗아갈 목적으로 저지른 행동이므로 죄질이 매우 무겁다. 또한 한쪽 망막까지 손상시키는 잔인한 행동은 엄중한 처벌이 불가피했음을 밝힌다.

다만 피고인이 범행을 저지르고 직접 119에 신고하여 피고를 병원으로 옮기려고 했던 점, 수사기관에 자수한 점, 동종의 전과 및 실형의 처벌 전력이 없는 점을 감안하더라도, 살해 목적이 아직도 사랑하기 때문이라는 진실하지 못한 말을 하고 있어 피고를 20년 형에 처한다.

.

탕! 탕! 탕!

눈을 번쩍 떴다. 또 꿈이었다. 판사봉이 내 머리를 후려친 것처럼 골이 흔들렸다. 술병이 나뒹굴었고 바닥에 벌건 핏물이 번져 있었다. 식칼은 저만치 떨어져 있었다. 왼쪽 손목이 불에 덴 듯 화끈거렸다. 피딱지가 붙은 살갗 사이로 피가 조금 흘러나왔다. 간신히 오른팔로 바닥을 짚고 일어나 앉았다. 등이 축축했다. 먹다 남긴 술병이 쓰러지면서 술을 쏟았고 그 위에서 잠이 들었다. 일어나려는데 머리가 빙 돌았다. 왼손으로 바닥을 짚었다. 불에 달군 쇠젓가락으로 쑤시면 이런 통증일까? 입이 쩌억 벌어졌다. 손목 사이로 다시 피가 번져 나왔다. 오른손으로 왼 손목을 움켜잡았다. 그러고는 비틀거리며 화장실로 들어갔다. 변기 근처가 게워낸 토사물로 술집 뒷골목만큼 더러웠다. 발밑으로 물큰하게 토사물이 밟혔다. 샤워기를 틀어 머리부터 적셨다. 왼 손목에서 흘러내린 핏물이 하수구로 쓸려 들어갔다. 왼손을 높이 쳐들고 수건으로 감쌌다. 눈은 움푹 들어갔고 입술은 갈라졌으며 희멀건 얼굴 위로 미역 가닥 같은 긴 머리가 흘러내렸다. 호러 영화에 나오는 몰골이었다. 더 이상 세상을 살아갈 이유가 없었다. 신이 정말, 존재한다면 물어보고 싶었다. 왜, 나에게만 이런 무서운 시련을 주는 거냐고. 왜, 내 곁에 있는 사람들만 데려가는 거냐고.

경민의 자리는 부모님 옆에 마련했다. 할아버지는 정말 어떤 예지력이 있었을까? 청운사 스님에게 가족 봉안당을 마련해달라고 유언한 것을 보면. 하지만 틀린 게 있었다. 사업을 못 할 거라던, 그래서 사업체를 물려주지 않았던 작은아빠는 건설 회사를 꾸준히 성장시켰다. 오 년 전에는 반포로 식구들이 모두 이사를 했다.

경오는 성형외과 의사가 되어 같은 의사와 결혼을 했다. 연합의원으로 개원을 앞두고 있었다. 경나는 방송국 아나운서가 되어 예능프로에서 주가를 날리고 있었다. 그런데 왜 우리 집만, 아니 나한테만 이런 고통을 주는 것일까. 정말, 죽고 싶었다.

경민의 장례를 치르고 집으로 가겠다고 하자 스님은 처사에게 데려다주라고 했다. 그런데 떠나는 차를 세우고 당신이 앞자리에 앉았다. 스님도 나이가 여든셋이었다. 허리가 굽었고 무릎 관절이 좋지 않아 지팡이가 있어야 했다. 하지만 정신만은 꼿꼿했다.

생명이 있는 것은 세상에 번갈아 태어나고 또 죽어간다. 인간은 현세에서 저지른 업에 따라 죽은 뒤에 다시 여섯 세계의 한 곳에서 내세를 누리며, 다시 그 내세에 사는 동안 저지른 업에 따라 윤회를 계속하는 것이다. 첫째는 지옥도로서 가장 고통이 심한 세상이고, 지옥에 태어난 이들은 육체적 고통을 받는다. 둘째는 아귀도로 지옥보다는 고통을 덜 받으나 굶주림의 고통을 받는다. 셋째는 축생도로서 네 발 달린 짐승을 비롯하여 새·벌레·뱀까지도 포함된다. 넷째는 노여움이 가득 찬 아수라로 남의 잘못을 철저하게 따지고 들추고 규탄하는 사람이 태어나게 되는 세상이다. 다섯째는 인간이 사는 인도이고, 여섯째는 행복이 두루 갖추어진 세계이다. 그러나 이 윤회의 여섯 세상에는 절대적인 영원이란 없다. 수명이 다하고 업이 다하면 지옥에서 다시 인간도로, 천국에서 아귀도로 몸을 바꾸어 태어난다. 곧 육도의 세계에서 유한의 생을 번갈아 유지한다는 것이, 윤회이니라…….

나는 스님의 말을 건성으로 듣고 있었다. 나, 이경은을 남들이 인간이라고 부른다고, 내가 인간으로서 삶을 산 것이라고 말하면 틀린 말이다. 내가 살고 있는 곳은 지옥도, 아귀도, 축생도, 아수라도보다 못한 곳이기 때문이다. 죽어버리면 천도에 이르지 않겠는가. 그래서 나는 스님의 길고 지루한 말에 대꾸하지 않았다. 처사가 운전하는 뒷좌석에 앉아 창밖으로 휙휙 사라지는 풍경을 건성으로 보며 스님의 말을 흘려보냈다.

아파트 앞에 차가 도착했다. 내가 차에서 내리자 스님도 따라 내렸다.

"성철스님이 이런 말씀을 하셨다. 사람의 성품은 본래 청정하되

망념이 있어서 진여眞如를 덮고 있다고. 다만 망상이 없으면 본래 성품은 청정한데…….”

나는 다 듣지 않고 돌아섰다.

“경은아…….”

스님에게 조심히 돌아가시라는 인사도 않고 아파트 현관으로 걸음을 옮겼다. 닫히려는 엘리베이터에 같이 가요! 소리를 쳤다. 출발하려는 버스를 세우 듯 뛰어 탔다. 한 가족으로 보이는 이들이 나를 경계했다. 여자가 예닐곱 살의 여자아이를 끌어안았고 남자는 여자를 뒤쪽으로 세워 나로부터 보호했다.

밤새 난리를 쳤음에도 나는 살아 있었다. 칼에 베인 손목이 저리고 머리는 깨질 듯 아팠다. 서 있을 기운조차 없었지만 나는 살아 있었다. 약상자에서 소독약을 꺼내 왼 팔목에 붓고 상처 치료 연고를 바르고 붕대로 감았다. 양쪽 관자놀이를 작은 바늘로 누군가 계속 쑤시는 것처럼 욱신거렸다. 통증을 없애기 위해 진통제를 뜯어 삼켰다. 밤새 죽겠다고 난리를 쳤어도 아침이 되면 살아보겠다고 칼에 베인 팔목을 붕대로 감고, 통증을 멈추게 하려고 진통제를 삼켰다. 내 동생, 세상에 하나밖에 없었던 내 피붙이, 경민이가 대학생이 되어 이 년 못 되게 내 곁을 떠나 있었어도, 스무 평 공간은 어딜 가나 경민의 흔적이 배어 있었다. 나는 닦아도 흘러나오는 진물 같은 눈물을 손등으로 또 훔쳤다.

대학생 커플 살인

노트북을 켰다. 사건 선고 판결이 난 지 사흘이 지났는데도 여전히 '동남대학교 커플 살인사건'은 검색 순위 10위 안에 있었다.

사랑하기 때문에 나는 너를 죽인다!
올 킬~

이러한 문구로 시작되는 기사와 동영상은 양호한 편이었다.

그녀가 사랑한 건, 그놈의 눈깔이었네.
그렇게 쳐다보면 확, 눈깔을 쑤셔 버릴 겨!

검정 가죽 브래지어에 팬티, 카터벨트를 차고 롱부츠를 신은 포르노 여배우 같은 옷차림의 여자가 식칼로 남자의 눈을 도려내는 기사와 장면도 있었고, 양쪽 손에 피가 툭툭 흘리는 눈을 들고 맛있는 음식을 대하는 듯한, 역겹고 끔찍한 내용도 있었다. 보지 않으려고 해도 눈만 뜨면 노트북을 켰고 기사와 동영상을 찾아 읽었다. 어떻게 된 게 그 흔하던 재벌 3세와 유명 여배우와의 스캔들 하나도 터지지 않았다.

엽기적인 여대생 살인사건.
젊은 대학생, 무분별한 동거가 일으킨 참사.
살해 이유가 사랑 때문이라는, 한 철없는 여대생의 살인 동기, 진실일까?

인터넷이 아닌 신문 매체와 방송에서도 그랬다. 언어만 조금 순화된 상태로.
보도가 나간 뒤에는 여지없이 댓글이 이어졌다.

- 남자가 원래 정신병자였대.
- 군대도 안 갔대.
- 못 간 거임.
- 난 올 정신이라 감.
- 학교 문턱에도 안 간, 정신 빠진 남자를 사귄 여자가 더 정신 년이지.
- 현 입시제도 다시 살펴봐야…….

- 헐~ 수능이 문제지!
- 그 남자 꿈이 작가였다는데 습작품이 모두 호러 뺨친다나 뭐라나.
- 잘못 안 거임. 그 여자가 호러라 그랬음. 울 언니가 그 과에 아는 친구 있음.
- 문창이 그 문창임?
- 여자가 남자 작품보고 홀딱 빠져 실제로 실행한 거임.

인터넷을 닫고 음악 파일을 열었다. 댄스 음악을 클릭했다. 소리를 최대로 올렸다. 빈병을 밖으로 내놓고 밀대에 걸레를 끼워 바닥을 닦았다. 고무장갑을 끼고 욕실에 세정제를 풀어 청소를 했다. 세탁기를 돌렸다. 밥을 안치고 감자와 양파를 넣고 된장국을 끓였다. 구수한 된장내가 퍼지자 뱃속이 요동쳤다. 청운사에서 보내준 토종 된장으로 끓인 것이니 당연했다. 냉장고에서 반찬들을 꺼내 식탁에 올리고 상을 차렸다. 김이 오르는 밥을 한술 뜨고 깻잎장아찌를 올려 입에 넣었다. 짭조름하고 고소했다. 된장국을 한 수저 떠 입에 넣었다. 꿀꺽 삼켰다. 다시 한 수저 떠 입에 넣었다. 가슴 밑바닥부터 뜨거운 것이 꾸역꾸역 올라왔다. 견디지 못하면 죽는다! 나는 죽을 수도 없다! 꽉. 주먹을 쥐고 가슴을 쳤다. 그래도 목에 걸렸던 밥알이 입 밖으로 넘어오려고 했다. 된장국을 그릇째 들고 마셨다.

교사가 된 지 십 년 만에 동료들과 바이칼 여행을 떠났다. 생전 처음 가는 외국 여행이었다. 방학을 하면 경민과 국내 여행은 며칠씩 다녀왔다. 고등학교 과정이라도 정규제도에 편입시켜 볼까 했지만 무리였다. 칼에 대한 공포는 아직도 가시지 않았고 낯선 사람에 대한 경계도 나아지기는 했으나 극복됐다고 할 수 없었다. 무엇보다 우울증이 심했다. 정신과에서 처방해주는 약을 달고 살았다. 경민이 대학에 입학했을 때만 해도 조마조마했다. 잘 견딜 수 있을까? 아침저녁으로 안부를 묻는 것도 모자라 영상통화를 했다. 이학년이 됐을 때야, 비로소 나는 안심할 수 있었다. 그러나 그것은 방심이었고 그 결과는 너무나 참혹했다.

대륙으로 가는 길, 한민족의 시원 바이칼 호수로 떠납시다!

팸플릿을 행정실장이 교사들에게 배포했다. 재단에서 참가비 반액을 지원해준다고 했다. 청운재단 이사 아들이 드림투어라는 여행사를 오픈한 기념행사라고 했다. 청운재단은 스님을 비롯한 세 명의 이사가 있었다. 스님은 봉안당 운영만 맡았고 세 명의 이사가 학원 운영에 관여했다. 연암시에 있는 청운여중·여고와 형설중·고등학교가 청운재단의 것이었다. 그 외에도 부차적인 것이 있었지만 나는 알지 못했다.

행정실장은 재단 관계자에게는 드림투어가 언제든지 삼십 퍼센트 세일을 해준다고 했다. 따라서 이번 기회에 우리 청운여고 관계자들이 먼저 신청하는 성의를 보이자고 했다. 모두 좋다고 했다. 고삼 아이를 둔 사회 선생과 가족여행이 선약된 선생 둘과 작년에 다녀왔다는 선생을 빼고는 모두 찬성했다. 나도 마찬가지였다. 분위기에 고무된 행정실장이 팸플릿에 씌어 있는 문구를 큰 소리로 읽었다.

"시베리아 횡단열차를 타고 바이칼 호수를 지나 모스크바와 파리, 런던까지 달려갈 날을 꿈꿔 봅시다! 한민족의 꿈은 언젠가 이뤄집니다. 샤머니즘의 고향, 바이칼 호수에는 한민족의 뜨거운 피가 흐르고, 시베리아 열차에는 고려인 강제이주의 아픔과 잃어버린 대륙으로 가는 통일의 꿈이 서려 있습니다!"

명퇴를 앞 둔 대머리 역사 선생이 자리에서 벌떡 일어나 이어서 읽었다.

"시베리아 열차를 타고 바이칼 호수로 가는 여정에는 조선 광복군의 발자취가 새겨져 있고, 시베리아 호랑이가 으르렁거리고, 영화 〈닥터 지바고〉의 음악이 흐르고, 톨스토이의 문학이 아른거립니다. 역사와 문학, 음악에 통일의 꿈까지 더해지는 이번 여름 최고의 여행으로 당신을 모십니다!"

선생 몇은 박수까지 쳤다. 10박 11일. 나는 조금 길다는 생각이 들었다. 당연히 경민이 때문이었다. 그러나 미나라고 하는 같은 과 여학생을 사귀면서 안부전화도 뜸했고 내가 거는 것도 달가워하지 않았다.

"내가 애야?"

"나한테 너는 아기야."

경민을 변하게 만든, 사랑에 눈뜨게 해준 미나가 기특했고 감사했다.

동료 교사와 나는 잘 지내는 편이 못됐다. 나이가 제일 어렸고 임용고사도 치르지 않은, 정교사 2급 자격증만 있는 재단 줄로 임용된 교사였기 때문이었다. 청운여고는 신설이라 대부분 교사들이 퇴직하기에는 일렀다. 한번 재직하게 되면 퇴직할 때까지 근무를 했다. 기간제를 빼면 내 밑으로 들어오는 교사가 없었다.

부임 초기에 사적인 이야기는 물론이고 먼저 그들에게 말도 걸지 않았다. 어린 게 도도하다는 둥, 싸가지가 좀 없다는 둥의 말을 들었다. 경민이만 대인관계에 어려움을 느끼는 게 아니었다. 그것은 동남순댓국집 아줌마의 영향 때문이었다. 처음에는 나를 동정하지만 결국에는 가까이 해서 별로 좋을 게 없다는, 그런 기류를 감당해 낼 자신이 없었다. 그래서 그 누구에게도 먼저 다가갈 수가 없었다.

경민이 드디어 정상궤도에 진입했다고 생각했다. 나도 이제 늦은 감이 있지만 내 궤도를 찾고 싶었다. 서른여섯이었다. 아직까지 만나는 남자도 없었다. 소개를 해주겠다는 사람들은 많았다. 특히 청운사 스님의 잔소리가 심해지고 있었다. 스님의 부탁이 있었는지 행정실장은 피아노를 전공한 마흔 살의 음악선생이 미혼이고 집안이 괜찮다고 했다. 내가 반응을 보이지 않자 스님이 전화를 해왔다. 나는 어쩔 수 없이 음악선생이 클래식에 대해 물으면 경민에게 주워들은 말들을 떠올려 대꾸했다. 잘 알지도 못하는 클래식에 대해 그에게 물으면 친절하게 설명을 해줬고, CD를 선물했으며 음악회 초청장을 내밀기도 했다. 솔직히 끌리는 남자가 아니었다. 음악회에는 한 번도 동행하지 않았다. 주위에서, 특히 행정실장은 이번 여행에 나와 음악선생이 꼭 가야 한다고 설레발을 떨었다. 옆 자리 국어선생이 피식 웃으며 내게 귓속말을 했다.

"이 선생, 그래도 예술하잖아!"

같은 전공이고 소탈한 성격과 붙임성 때문에 그녀가 오늘 우리 남편 회식이란다, 나도 쌩까고 싶은데 우리 같이 영화나 한 편 때릴까? 잘 생긴 정우성 보고 기분 전환으로 맥주 한 잔 어때? 물으면 거절하지 않았다.

블라디보스토크 국제공항을 거쳐 하바롭스크역에 도착했고 삼일째부터 이르쿠츠크 발 열차를 탔다. 총 60시간이 넘는 유럽 횡단 열차였다. 자작나무가 끝없이 이어지는 광활한 대지를 보면서 정말 넓은 나라라는 걸 새삼 느꼈다. 가도 가도 끝없이 반복되는 풍경이었다. 백야로 밤 열 시가 되어도 세상은 훤했다.

나는 휴대폰을 빠트리고 왔다. 경민과 마지막 통화를 하고 식탁 위에 올려놓고 그냥 나오고 말았다. 음악선생이 아파트 아래에서 기다리고 있었다. 그의 차를 타고 인천 국제공항에 도착해 모임장소로 가면서야 알았다. 어차피 로밍을 하지 않을 생각이었다. 딱히 나를 찾는 급한 전화 따위는 없을 거라고 생각했다. 그런데 러시아에 도착해 사진을 찍을 수 없다는 것이 무척이나 아쉬웠다. 다른 이들은 모두 휴대폰을 꺼내 사진을 찍고 저장하느라 바빴다. 물론 그들 사이에 끼어 사진을 찍었고, 행정실장의 안내에 따라 카메라에 단체사진을 가는 곳마다 찍었으며 음악선생의 배려에 크게 불편하지 않았다. 육 일째 리스트 비앙카로 이동해 바이칼 호수의 생태계를 전시한 박물관을 관람했다. 여객선을 타고 바이칼 호수 발쉬에 까뛰 트레킹 코스를 걸었다. 평상시 운동을 하지 않은 탓에 일곱 시간의 트레킹이 결코 쉽지 않았다. 음악선생이 뒤쳐져 나와 보조를 맞춰줬다. 그의 마음 씀이 고마웠다. 귀국하면 정식으로 데이트를 해봐야겠다고 생각했다. 대자연의 신비와 정취에 취해 어떤 여행보다도 행복하고 흐뭇했다. 함께 못 온 경민이 생각났다. 나중에 함께 꼭 오리라 마음먹었다. 아니 지금 사귀고 있는 미나랑 잘 되면, 내년 여름이 이르다면 그다음 해에 와야겠다고 생각했다. 저녁을 먹고 바이칼 호수길을 달리는 '환바이칼열차'에 탑승하고는 멀미가 났고 미열이 났다. 그런 나를 보고 동료들은 '촌년해외여행울렁증'이라고 놀렸다. 그런 것도 같았다. 해외여행이 처음인 만큼 긴장했고 보는 것들이 모두 충격이었다. 호텔에 도착했을 때 행정실장이 호텔 바에서 보드카를 한 잔씩 하자고 했다. 함께 방을 쓰는 국어선생은 좀 피곤하다며 먼저 내려가라고 했다. 호텔 바로 내려갔는데 다른 동료가 보이지 않았다. 내가 너무 일찍 내려왔나? 음악선생이 저쪽 구석 테이블에서 손짓을 했다. 그의 테이블에는 뚜껑도 따지 않은 보드카와 소시지가 담긴 접시가 있었다.

보드카를 한 잔밖에 마시지 않았는데도 얼굴로 열기가 확 솟구

쳤다. 손부채질을 하며 다른 사람은 왜 안 내려오지? 출입문을 훔쳐보았다.

"나하고 있는 게 불편해요?"

나는 아무도 오지 않을 거라는 걸 알았다. 등을 의자 뒤에 붙이고 음악선생의 잔을 받았다. 그가 잠깐만 실례를 하겠다고 매우 예의바르게 말했다. 자리에서 일어나 바 구석에 있는 그랜드 피아노 앞으로 걸어갔다. 언젠가 내가 쇼팽의 〈녹턴〉에 대해 물었을 때 지루할 만큼 친절하게 설명을 했고 다음 날 〈피아니스트〉라는 영화가 담긴 USB를 건네주었다. 그날 밤 나는 독일 장교에게 발각되어 어쩌면 생의 마지막 연주가 될 수 있는 상황에서 〈발라드〉 1번을 연주하는 스필만의 모습을 보며 냉장고에 맥주가 없는 것을 통탄했다. 당연히 다음 날 음악선생에게 감사하다고 말했고 쇼팽 관련 연주회라면 같이 갈 수도 있겠다고 생각했다. 그가 그것을 기억하고 있는 줄 몰랐다. 기분이 묘했다. 그가 연주를 마쳤을 때 나뿐만 아니라 바에 있던 러시아 사람들도 환호성을 지르며 박수를 쳤다. 그는 〈녹턴〉 1번도 연주했다. 나는 보드카를 연거푸 두 잔을 들이켰다.

그의 유머는 재미도 없었고 목소리가 달콤한 것도 아니었는데 바짝 몸을 붙이고 앉아 깔깔 거렸다. 그냥 우스웠다. 그가 슬며시 내 손을 잡았다. 그러고는 자리에서 일어났다. 엘리베이터를 탔다. 그가 팔로 내 허리를 안았다. 또 웃음이 났다. 그도 따라 웃었다.

"경은 씨가 이렇게 잘 웃는 여자인지 몰랐어요."

나는 손으로 눈에 고인 눈물을 닦았다. 그러고는 그의 팔을 풀었다. 엘리베이터가 멈췄다. 5층이 아닌 6층이었다. 다시 엘리베이터에 타려는데 그가 내 팔을 잡아 당겼다.

여행을 마치고 귀국하는 비행기에서, 내 옆자리가 당연하다는 듯 앉은 음악선생이 스마트폰을 들여다보며 말했다.

"사랑했기 때문에, 사랑했으므로 애인을 살해하다. 그 엽기적인 사건⋯⋯."

나는 수면유도제를 먹었다. 여행 내내 깊게 잠들지 못했다. 낯선 환경 때문이기도 했지만 잠이 들려고 하면 차가운 기운이 내 몸을 훑고 지나갔다. 빈속에 뜨거운 차를 마시면 온몸이 뜨거워지는, 그 반대의 느낌이었다. 너무 예민하다고 유난을 떤다고 할까 봐 아무에게도 말을 못했다. 백야로 짧은 러시아의 밤을 여러 날 지새웠다. 정신은 조금 몽롱한데 귀는 열려 있었다.

"이게 뭐야? 칼로 눈을 도려내고 심장을 찌르다? 허이, 지금 한국은 이 사건이 실시간 검색 일위구나."

우리와 나란히 앉아 있던 창가 쪽 선생도 덧붙였다.

"같은 반 학생으로 동거했던 여대생이 남자 친구를 살해하다. 이유는 사랑했기 때문에⋯⋯ 이게, 그 이야기인가?"

나는 그대로 잠이 들었다. 오랜만에 꿀잠을 잤다.

인천 국제공항에 도착했다고 음악선생이 나를 깨웠다. 그와 함께 게이트를 빠져나오는데 낯선 남자가 다가왔다.

"이경은 씨가 맞습니까?"

나는 주춤했고 음악선생이 나 대신 누구세요? 라고 물었다. 형사라고 대답한 낯선 남자는 내게 다시 물었다.

"이경민이 동생 맞죠?"

-1

그때 세존께서 조용히 삼매에서 일어나시어 사리불에게 말씀하셨다. 여러 부처님의 지혜는 매우 깊어 한량이 없으며, 그 지혜의 문은 이해하기도 어렵고 또 들어가기도 힘들어 일체 성문이나 벽지불은 알 수 없도다. 왜냐하면 부처는 일찍부터 백천만억 무수한 부처님을 친근하여 한량없는 도법을 행하고, 용맹하게 정진하여 그 이름이 널리 퍼졌으며 매우 깊고 없던 법을 성취하여 마땅함을 따라 설했으므로 뜻을 알기 어려운 까닭이다.

나는 스님이 건네준 『근행요전』 번역본을 건성으로 보고 있었다. 톡, 톡, 톡…… 목탁을 두드리며 읊조리는 독경소리가 장례식장이 아닌 적막한 산사에 와 있는 듯했다. 그러나 내 무릎을 베고 잠들어 있던 경민이 갑자기 눈을 번쩍 떴다. 사방을 둘러보고, 울음을 터트렸다. 경민을 안고 토닥였다. 스님은 개의치 않고 독경을 계속했다. 장례식 내내 온갖 인상을 찌푸리고 있던 작은아빠는 벌떡 일어나 밖으로 나가버렸다. 마취주사를 맞은 것처럼 경민이 내게 몸을 부려놓고 스르르 눈을 감았다.

사리불아, 내가 성불한 뒤로 가지가지 인연과 비유로 널리 가르침을 폈으며 무수한 방편으로 중생들을 인도하여 모든 집착을 끊도록 하였으니 그것은 여래가 방편과 지견으로 바라밀을 이미 다 구족한 까닭이니라.

사리불아, 여래는 지견이 넓고 크며, 깊고 멀어서 무량, 무애변력, 무소유와 선정과 해탈삼매에 깊이 들어 온갖 미증유한 법을 성취하였느니라.

사리불아, 여래는 가지가지로 분별하여 공교롭게 모든 법을 설하니, 말이 부드러워 여러 사람의 마음을 기쁘게 하느니라.

왜, 내가 상복을 입고 이렇게 앉아 있어야 하는 걸까? 함께 못 가아쉽다며 대학만 들어가면 해외여행을 가자고 손을 흔들고 떠난 가족이었다. 부모님이 돌아가셨다는 데 실감할 수 없었다. 그런데 경민은 눈가가 짓무르도록 울고 까무러치기를 반복했다. 경찰은 내가 열아홉 미성년이라 그랬을까? 아니면 고 삼이라 그랬을까? 부모의 죽음을 바로 알리지 않았다. 자율학습을 하고 있다가 담임의 호출로 전화를 받았다.

"이경은 학생인가요?"

나는 작은 목소리로 네에, 라고 대답했다.

"여기는 울포 경찰서이고 경장 박철환입니다. 전화를 한 이유는 경은 학생에게 뭘 좀 물어보고 싶어서예요. 부모님 성함이 어떻게 됩니까?"

나는 대답하지 않았다. 경찰이 재차 물었다.

"경은 학생, 경찰서에서 전화를 해서 당황했겠지만 마음을 진정하고 엄마와 아빠의 이름을 말해 봐요?"

"왜요? 저희 부모님이 무슨 잘못이라도……."

"아, 아니에요. 범법행위를 저질렀거나 남에게 위해를 가하는 그런 일은 하지 않았어요. 고 삼이죠? 심적 부담이 가장 심할 때인데 어떻게 집중은 되나요?"

나는 얼버무리듯 대답했다.

"뭐……."

"지금이 가장 중요한 시기인데 잘 견뎌내야 돼요. 어려움을 이겨내면 반드시 그 대가는 오게 돼 있어요. 내가 먼저 말할 수 있지만, 이게 절차라는 게 있어요……."

길을 가는 사람이 갑자기 나를 붙잡고 오늘 날씨에 대해, 인생에 대해 얘기 좀 하자고 말하는 것처럼 당황스러웠다. 하지만 대답해야 할 것 같았다.

"아빠의 성함은 이자 순자 조자시고 엄마는 노자 은자 숙자세요."

"아, 그래요. 이순조가 아빠고 노은숙이 엄마……."

경찰은 뜸을 들였다. 그 사이로 그의 콧바람 소리가 벌판을 가르는 바람처럼 느껴졌다. 나는 수화기를 얼른 귀에서 띄웠다.

"울포에 부모님이랑 같이 못 온 이유는 고 삼이라 그런 거죠? 대학에 가면 이곳보다 더 좋은 곳으로 여행을 갈 수 있으니까. 그래도 경은 학생은 섭섭하지 않았어요? 왜냐하면 동생만 데리고 가니까. 동생과 나이 차가 많이 나네요. 경은 학생이 따라 왔으면 부모님이 술도 안 드시고 아니, 술도 같이 마실 수 있고, 술 마실 줄 알죠? 내 조카는 고 이인데 나보다 쌔던데……."

경찰이 말을 돌리고 있다고 짐작됐다.

"기록에는 음주 전과가 없던데, 부모님이 술 드시고 평소에 대리운전 같은 걸 자주 했나요? 아니면……."

"아뇨, 그런 적 없어요."

"아, 평소에는 음주운전을 하지 않았는데 여기서는 놀러왔으니 분위기에 취해 과한 행동을 할 수도 있지 않을까요?"

"어느 병원에 계세요?"

"아, 병원이 아니고 울포 경찰서로 오면 되는데……."

미성년인 내가 부모를 위해 어떤 대리자가 될 수 있는가? 그런 생각과 질문은 못했다.

"혼자 오지 말고 어른이랑 같이 와야 해서, 작은아빠가 계시다고……."

그때야 얼른 대꾸했다.

"네에, 작은아빠랑 같이 갈게요."

"작은아빠 연락처 좀 말해줄래요? 내가 먼저 통화를 하고 싶은데."

나는 빠르게 작은아빠의 연락처를 말하고 전화를 끊었다.

어떻게 작은아빠와 동행을 해 울포 경찰서까지 갔는지, 엄마와 아빠를 따라 여름휴가에 갔던 경민을 만났는지, 하나도 기억할 수 없었다. 엄마와 아빠의 시신을 나는 보지 못했다. 불에 타 몰골을 알아볼 수 없다고 작은아빠는 못 보게 했다. 입관을 하기 전에야 부모님을 봤다. 엄마는 잠자던 평소 모습이었다. 하지만 아빠는 심하게 일그러져 있었다.

내가 정신을 차렸을 때, 아니 정신이 들어왔을 때, 상복을 입고 있었고 흰 리본을 머리에 꽂은 채 장례식장에 앉아 있었다. 눈물도 나오지 않았다. 머리가 사라진 것처럼 어떠한 생각도 감정도 느낄 수 없었다. 그런데 경민은 부모님이 죽었다는, 이 세상에 존재하지 않는다는, 의미를 아는 걸까? 끝없이 징징거리며 울었다. 눈가는 짓물렀고 목이 쉬어 목소리도 나오지 않았다. 경민의 울음 때문이라도 부모님이 살아나지 않을까? 아무리 끔찍한 몰골이어도 상관없었다. 정말 살아나기만 했으면……

경민은 내게서 단, 한 발짝도 떨어지려고 하지 않았다. 안거나 업고 있어야 했다. 팔은 쥐가 나고 허리는 끊어질 것 같았다. 아빠 친구인 아저씨가 나타나면 상태가 더 심했다. 그는 울포 경찰서부터 장례식장까지 줄곧 함께 했다.

"내가 죽일 놈이야…… 술만 먹지 않았어도 순조가 나가는 것을 막았을 텐데……."

아저씨는 뒷말을 잇지 못했다. 자신의 가슴을 쥐어 뜯었다. 하지만 나는 그가 원망스러웠다. 경찰이 내민 서류에 작은아빠가 사인을 하고 내게 내밀었지만 억울하고 분해서 볼펜도 들지 않았다. 고개를 숙이고 한숨을 쉬고 앉아 있는 아저씨를 노려보았다. 그런 나를 보고 경찰이 비트를 치듯 손가락으로 책상을 두드렸다.

"너희 부모님이 추락사한 곳은, 이번 휴가철에만 다섯 번이나 사고가 난 곳이야. 평소에도 가파르고 좁아서 속력을 내면 바로 골고 가는 곳이지. 물론 모든 사고가 추락사는 아니었지만 두 건은 추락사였는데, 두 사람 다 식물인간이 됐어. 이곳 사람들이야 그 길이 어떻다는 걸 아니까 늘 조심조심 운전을 해. 그런 길을 술을 먹고 운전했다면…… 사고는 늘 외부인들이야. 봄부터 확장공사가 이뤄지고 있는데 비가 웬만큼 왔어야지."

학교로 전화를 걸었을 때와는 달리 경찰은 무례했다. 옆에 앉아 있던 작은아빠가 고개를 끄덕였다. 나를 무시하고 작은아빠에게 시선을 고정했다.

"계속 공사가 지연돼서 그렇지 않아도 휴가 전에는 어떻게 해보려고 했는데 안 됐어요. 그렇다고 길을 막아놓을 수도 없잖아요. 이곳 주민들, 특히 상인들이 난리를 치니까요. 요새는 민원인들이 제일 무섭습니다. 자신들 말을 안 들어주면 바로 위에다 찔러버리죠. 그러면 우리는 좆되는 거예요. 그래서 휴가 때 아예 우리가 잠복근무를 했어요. 여기 보세요. 까맣게 살 탄 거!"

팔뚝을 걷어 올리고 불끈거리는 알통을 노골적으로 내게 디밀었다.

"휴가 끝물이라 잠시 철수했던 건데…… 물론 임시방편으로 방지턱을 해놓았지만 술 먹고 운전을 했다면, 그것도 과속을 했다면, 자살행위라고 봐야 합니다."

경찰은 쥐고 있던 볼펜으로 귀를 후볐다. 한쪽 눈을 찡그렸다. 바람을 불어 더러운 귓밥을 날리고 볼펜 끝으로 책상을 톡, 톡, 톡, 두드렸다. 더럽게 못생기고 키도 작고 뚱뚱한 손님이 어울리지도 않는 옷을 입고 거울 앞에 서서 고개를 갸우뚱하고 다른 옷에 눈길을 주는, 어떠한 옷도 어울릴 것 같지 않아 다른 곳으로 후딱 가버렸으면 좋겠는데 가지 않고 이곳저곳 기웃거리는, 몹시 귀찮은 손님을 대하는 주인 없는 곳의 불친절한 점원 같았다.

그때 아저씨가 울먹거리며 내 손을 붙잡았다.

"내가 잘못했다. 다, 내 잘못이야……."

"조금만 늦게 신고를 했더라면 밀물에 쓸려나가 시체도 못 찾을 뻔했어요. 그리고 바다로 출항을 나갔다 돌아오던 배가 불에 타고 있던 차를 발견하고 경찰서에 전화를 했어요. 그때가 네 시였거든요. 정병석 씨가 우리한테 전화를 건 시간은 이 분 후였고. 전화내용은 친구 부부가 술을 마시고 차를 몰고 술을 사러 나갔는데 아직도 돌아오지 않는다, 휴가로 놀러 와서 이곳 울포 지리를 잘 모른다. 경찰이 좀 찾아주었으면 좋겠다…… 정병석 씨도 술이 덜 깬 목소리였어요. 내가 이것저것 물었는데 횡설수설하더라구요. 전화를 끊고 저기 앉아 있는 박 순경과 순찰차를 타고 그 모퉁이에 갔는데 아니나 다를까……."

옆 장례식장은 화장실 앞까지 노란 국화로 장식된 화려한 화환이 줄지어 섰다. 교장으로 정년퇴임한 분의, 아버지의 장례식이었다. 그들은 아흔아홉의 망자가 일 년만 더 살다가 갔으면 얼마나 좋았겠느냐며 웃었다. 그들은 호상에 들렀다가 우리 빈소를 넘겨다보았다. 일곱 살의 울보 상주를 보고 고개를 흔들었다. 붉은 철쭉 앞에서 서로 안고 있는 영정사진을 보고는 혀를 찼다. 철쭉꽃이 활짝 폈던 봄에, 집 앞 공원으로 산책을 나갔다가 꽃이 너무 예쁘다며 엄마가 아빠의 팔을 붙잡고 사진을 찍자고 했다. 공원 앞 매점에서 일회용 카메라를 사와 뜻하지 않게 우리는 가족사진을 찍었다. 엄마는 웬일로 아빠와 둘이서만 찍고 싶어 했다. 그것도 찐한 애정표현을 하면서. 남들 앞이라 싫은 기색을 할만도 한데 아빠도 좋아라 했다. 그런 분위기를 파악 못하고 경민이 꼭 파고들어 셋이 찍었다. 솜사탕 할아버지가 나타나자 기회가 왔다. 아빠가 엄마의 어깨를 감싸고 엄마는 아빠 품에 안겨 웃었다. 영정사진으로 어울리지 않았지만 가장 최근에 찍은 행복한 모습의 사진이었다.

나는 하얀 천으로 덮여 있는 제단을 보았다. 사철나무로만 장식되어 검소하다기보다 초라했다. 작은아빠 인맥으로 두 개의 화환이 왔다. 부모님의 동창회와 상인회로부터 각각 한 개씩의 화환이 도착했다. 하루장을 치르기로 했다. 내일 아침에 화장터로 갈 것이다.

띄엄띄엄 부모님 친구들이 들렀다. 고등학교 동창이라며 서너 사람이 한꺼번에 왔다. 그들은 울보 상주와 어린 상주에게 조의를 표하는 일을 곤혹스러워했다. 구석 자리에서 술잔을 비우고 있는 아저씨에게 가서 그를 위로했고 같이 술을 마셨다. 그럴 때마다 아저씨는 눈가를 훔쳤다.

담임과 반 아이들이 왔다. 담임은 우는 아이들을 달래고 손수건으로 눈가를 눌렀다. 나는 그들이 우는 이유가 궁금했다.

'너희들은 부모가 한꺼번에 죽어버렸다는 게 어떤 건지 아니? 알면 말해줄래? 나는 알 수가 없거든……'

그들은 나를 위로했다. 내 아픔을 안다는 듯.

"경은아, 어떡하니? 어떡하면 좋니?"

"어쨌든, 대학은 가야해!"

"그럼, 당연하지!"

내 앞에서 이렇게 말하며 나를 안고 다독였다. 하지만 이곳을 나가면 언제 그랬냐는 듯 웃고 떠들 것이다. 나를 위로했던 그들은 밥도 물도 한 잔 마시지 않았다. 장례식장의 도우미 이모가 밥을 먹고 가라고 했지만 고개를 저었다. 담임은 난처한 표정을 짓다가 애들을 따라 나갔다. 그들은 시내로 나가 피자나 떡볶이를 먹으며 존나 무서웠다고 말하거나 야, 대학은 무슨. 너는 말 같은 얘기를 해야 지! 그러면 그 상황에서 뭐라고 해야 하냐? 그러면서 키득거릴 것 이다. 왜 이렇게 못된 생각을 하는지 나 자신도 알 수 없었다.

아저씨는 식탁을 하나 차지하고 앉아 있었다. 그가 잠깐 자리를 비우자 경민이 물고기처럼 입을 달싹이며 무슨 말인가를 하려고 애썼다. 하지만 물고기의 말을 해석할 재간이 내겐 없었다.

"목 아픈 거 나으면 그때 말해."

오후에 아저씨의 부인이 찾아왔다. 빈소에 들어와 조의를 표할 때 그가 성큼 다가왔다. 경민이 내 다리를 붙들고 벌벌 떨었다. 바짓가 랑이 아래로 오줌이 흘렀다. 조문객에게 눈도 못 맞추고 나는 경민 을 안고 화장실로 갔다. 경민을 달래야 했지만 나도 너무 지쳤다.

"경민아, 우리도 엄마 아빠처럼…… 죽어 버릴까?"

고개를 세차게 저었다. 작은 주먹으로 사정없이 나를 때렸다. 경 민은 정말로 죽음에 대해 아는 것 같았다. 도대체 이 작은 아이는 죽음이라는 말을 어떻게 이해하고 있는 걸까? 물끄러미 쳐다봤다. 도리질을 하고 손사래까지 쳤다. 아흐…… 아흐…… 목울음 소리 만 냈다. 경민은 말을 잃고 물고기가 되어 버렸다.

바지를 벗기고 엉덩이와 사타구니를 씻겼다. 찬물에 세수도 시 켰다. 종이타월을 뽑아 눈가의 물기를 조심히 닦는데도 짓무른 살 갗을 건드린 모양이었다. 경민이 인상을 찌푸리면서 휴하고 한숨을 쉬었다.

"경민아, 이제 우리 그만 울자."

다시 청운사

"살고 싶어서 왔어요."

나는 옷가방을 요사채 마루에 내려놓으며 스님에게 말했다.

"그래, 연락이 안 돼서 오늘쯤은 가봐야겠다고 생각했다."

"걱정하고 계실 것 같았는데 휴대폰을 켜놓을 수가 없었어요."

"왜 그러지 않겠니. 여기까지 찾아오더라. 지독한 사람들 같으니라고."

말하지 않아도 짐작이 갔다. 방학을 해서 그나마 다행이었지 잡지사나 방송국 기자가 학교까지 찾아왔을 것이다. 학교 동료의 빤한 위로의 전화도 지겨웠다. 아파트 상가의 상인들이 쳐다보는 시선도 예전과 달랐다. 나를 못 알아보도록 그들의 눈을 도려내고 싶었다. 끈질기게 따라 붙는 시선과 울려대는 휴대폰. 십 년이 넘게 한 곳에 살았기 때문이었다. 한몫 보탠 건 인터넷과 종합편성채널이었다.

　종일 텔레비전을 틀어놓고 사는 그들은 같은 장면을 하루에도 몇 번씩 보고 들었다. 무심했던 사람이라도 솔깃해 질 것이다. 종편에서는 실명을 거론하지 않았지만 인터넷에는 경민과 미나의 신상이 떠돌았다. 내가 몰랐던 이야기들이 진실보다 더 완벽하게 포장되어 진짜 같았다. 가장 견딜 수 없는 건 작은엄마의 전화였다. 이름만 대면 알 만한 집과 경나의 혼사가 오가고 있는데 깨지게 됐다는 원망의 전화였다. 부모님 기일은 물론 추석이나 설에도 얼굴 한 번 보지 않고 사는 경나가 전화로 울고불고 했다. 집에 그대로 있다가는 죽는데 실패했기 때문에 나는 미친년이 될 것 같았다.

　"스님이 혼쭐내서 쫓아냈어."

　내가 쓸 방을 걸레로 훔치고 있던 보살이 말했다. 청운사 식구들도 많이 바뀌었다. 경민을 예뻐했던 큰처사는 유골이 되어 청운사에 머물고 있었고 작은처사 부부는 마을로 내려가 살면서 청운사 일을 도왔다. 아들 둘이 모두 미국에서 교수로 자리를 잡았고 청운재단에 많은 기여를 하고 있었다. 재단 홈페이지에 들어가면 그들의 모습과 약력 등이 자세히 소개되어 있었다. 나 또한 정기적으로 청운재단에 일정 금액을 후원하고 있었다. 강제사항은 아니었다. 그러나 청운재단이 없었더라면 지금의 내가 존재할 수 없었고 그 씨앗은 할아버지로부터 시작되었기 때문에 동참하고 있었다. 작은 아빠도 해마다 청운재단에 많은 기부금을 내고 있었다. 이사 자리를 맡고 싶어 했으나 스님이 살아 있을 때는 어렵다고 봐야 했다. 회원 투표로 세 명의 이사를 선출하는 방식을 스님이 고집하고 있었다. 청운사 살림을 돕는 처사와 보살은 장애인들이었다. 공양주 보살은 귀가 어두운 마흔의 처녀보살이었고 허드렛일을 하는 두 명의 처사는 형제였는데 큰형은 지적장애가 있었다. 동생은 얼굴에 화상을 입어 오른쪽 귀가 녹아 흉했고 왼손 엄지와 검지가 없었다. 아버지 없이 세 아이를 키우던 어머니가 집에 불을 놓아 동반자살을 시도했다. 그의 어머니와 여동생은 그 자리에서 죽었고 지적장애를 갖고 있는 형이 불구덩이에서 동생을 구해냈다. 손가락을 잃은 것은 구로동에서 철판 절곡 일을 하다가 그랬다. 형은 나만 보면 헤헤거렸다. 처음에는 경계를 했는데 지금은 그러지 않는다.

"경은이는 내 동생 같아. 열 살 때 죽었어."

양손을 좍악 펴고 웃으며 내게 말했다. 내가 죽은 동생이라도 되는 듯 머리를 쓰다듬고 멍하니 앉아 있으면 다가와 사탕이나 과일을 손에 쥐여 주었다. 내가 창재 오빠라고 부르면 입이 귀에 걸렸다. 일이 서툴러 종무 스님한테 만날 야단을 맞았지만 늘 웃었다. 영재에게 야단맞는 형을 보면 기분이 나쁘지 않느냐고 물었다. 형을 미워해서 그러는 게 아니기 때문에 괜찮다고 했다. 다른 시설에 있을 때는 밤에 형이 울어서 속이 상했는데, 여기서는 울지 않는다고 했다. 형도 자신을 미워해서 욕하고 때리는지, 자신이 못 하니까 속이 터져서 그러는지 안다고 했다. 종무 스님이 할 일을 영재에게 이르면 형을 데리고 다니며 일을 했다. 창재는 개를 아주 좋아했고 개 밥 담당이었다. 지금은 개 이름이 다양했다. 얼룩이나 검둥이가 태어나자 흰둥이만 남기고 나머지는 다른 곳으로 스님이 보내려고 했을 때 경민이 말했다.

"스님, 흰둥이만 거두는 것도…… 인간의 이중성이 아닐까요?"

순종 진돗개의 혈통이 없어진 지 오래 되었다. 흰둥이도 이제는 없었다.

청운사에서 가장 어린 스님은 열아홉의 공양주였다. 웃으면 눈가와 이마가 이어지는 곳에 굵은 주름이 잡혀서 하회탈 같았다. 그의 음식 맛은 종잡을 수가 없었다. 그래서 공양주보살과 만날 티격 태격했다. 청운사는 신축 건물이 두 채나 늘었고 식구도 붙었으며 봉안당도 가족실과 일반실로 따로 관리되었다. 내게는 이곳이 친정이나 다름없었다.

할아버지와 청운사 주지 스님은 영천사 조리 스님을 모시는 도반이었다. 할아버지는 스무 살 때 환속했다. 아파트 외벽 페인팅 기술을 배워 단종회사를 차렸다. 할머니를 만나 연년생으로 아들 둘을 낳았다. 할아버지는 성격이 차분한 큰아들이 자신의 뒤를 이어 회사를 키우기를 원했으나, 아빠는 시인이 되기를 원했다. 그렇다고 시인이 된 것도 아니다. 대학을 졸업하자마자 결혼식을 올려야 했다. 여학생, 그러니까 엄마와 연애를 해서 이미 뱃속에 내가 있었다. 그러한 일련의 일들로 할아버지는 아버지에 대한 기대를 접었다. 아파트를 마련해주는 것으로 물질적인 지원을 끊었다. 아빠는 지방 신문사의 기자로 일했고 엄마는 집에서 공부방을 했다. 책 많은 우리 집이 나는 좋았다. 내가 작가가 되겠다고 했을 때 박수를 쳐주던 기억이 난다. 결국 자신들의 꿈이 나로 인해 이루어진다며 물심양면 돕겠다고 했다. 나는 물신양면이라는 촌스러운 한자어밖에 쓸 수 없느냐고 타박했다. 어째 내 앞날이 밝지 않을 것 같다고 투덜거렸다. 중학교 때까지는 백일장에 나가기만 하면 상을 탔다. 그러나 고등학교 때부터는 그런 일들이 시들해졌다. 당연히 상의 크기와 횟수가 내 욕심을 채워주지 못했기 때문이다.

할아버지는 큰아들과는 상반되게 성격은 활달하지만 다혈질인 데다 충동적인 작은아들과는 마찰이 심했다. 돈 쓰는 것과 노는 것밖에 모른다며 늘 잔소리를 했다. 친구를 보면 그 사람의 됨됨이를 알 수 있다는 말로 교우관계에도 개입했다. 군 장교로 제대한 작은아빠가 할아버지의 사업을 맡겠다고 했을 때 콧방귀도 뀌지 않았다. 작은아빠는 술을 마시면 괜히 아빠에게 화를 냈다. 작은아빠가 결혼을 하자 아빠와 똑같이 아파트를 한 채 사주는 것으로 물질적 지원은 끊었다.

고층아파트에 매달려 아파트 외벽에 페인팅을 하는 일은 보기만 해도 아찔했다. 작은아빠는 못하는 운동이 없고 취미로 클라이밍을 했으며 겨울에는 빙벽을 탔고 스키도 수준급이었지만 아파트 외벽 페인팅 기술은 익히려고 하지 않았다. 경오가 태어나자 어쩔 수 없이 할아버지 회사에 일용직 노동자로 일했다. 다른 회사에는 적응하지 못했다.

경민이 세 살 때 할아버지가 위암 말기 판정을 받았다. 두 아들에게는 한 푼도 남겨주지 않고 청운사에 재산을 모두 시주해 버렸다. 청운사는 그 돈으로 청운재단을 만들었고 봉안당을 지었다.

스님은 늘 말하곤 했다.

"살아서 고단한 삶을 살았으면 죽어서는 좀 편하고 좋은 곳에 있어야지. 조상의 유골을 나쁜 터에 모시고 그 후손이 명당에 살면 재벌은 되지 못해도 먹고사는 것은 걱정하지 않아도 된단다. 조상의 유골을 명당에 모셨지만 그 후손이 나쁜 터에 살면 가난을 벗어나지 못하고, 그 반대로 명당에 유골을 모시고 그 후손도 명당에 살면 대대로 부귀영화를 누리게 되지. 좋은 터에 집을 짓고 살면서 좋은 터에 조상의 유골도 모시면 천지의 신이 보호하여 자손이 부귀영화를 누린다고 하지. 우리나라에 잘 사는 사람들을 보면 대체로 조상의 묘와 집터가 모두 명당에 있어. 이것을 보면 풍수지리학이 검증된 자연철학이라고 확신할 수 있단다. 그러나 돈 있는 놈은 죽어서도 명당자리에 묻히지만 돈 없는 놈은 그러지 못하니 그 자손들이 얼마나 고달프겠니. 내가 할 수 있는 일은 돈 없는 사람이 비명횡사해서 묻히는 자리라도 흉지는 피해보자는 데 있다."

비명횡사? 우리 부모와 경민은 비명횡사했다. 할아버지의 묘는 나쁘지 않은 곳에 있는데 왜 그럴까? 그 덕은 왜 작은집만 보는 것일까?

경민이 열아홉 살이 되자 징병검사를 받으라는 통지가 왔다. 잠도 오지 않았다. 진짜로 군에 가야 한다면 어떻게 해야 하나? 스님 덕분에 "발병한 지 이 년 이상이 경과한 난치의 정신장애나 정신지체로 인하여 보호자 또는 감시자가 있어야 하는 사람"이라는 진단서를 발급 받을 수 있었다. 병무청에 제출했다. 병역면제 판정을 받았다. 한 고비를 넘겼다는 생각으로 저녁에 삼겹살 파티를 했다. 나는 경민이가 구워주는 삼겹살을 상추에 싸 먹으며 소주를 마셨다. 경민의 요리 솜씨는 날로 나아지고 있었다. 물론 칼은 사용할 수 없었다. 하지만 집 앞 마트에 가면 요리 형태에 따라 닭은 토막을 쳐주었고 생선은 배를 갈라 소금까지 뿌려주었다. 내가 퇴근해오면 보기만 좋은 게 아니라 맛도 괜찮은 식단을 차려주었다. 양념 야채는 내가 미리 썰어서 플라스틱 통에 담아 냉장고에 보관했다가 그때그때 사용했다.

고기를 굽느라 못 먹고 있는 경민을 위해 상추에 삼겹살을 얹고 마늘과 고추와 쌈장을 넣어 입에 넣어주려고 했다. 경민이 고개를 젓고 할 말이 있다고 했다.

"누나, 나 대학에 가고 싶어."

나는 경민이 거절한 삼겹살을 입에 넣고 소주를 따라 마시며 건성으로 말했다.

"대학은 아무나 갈 수 있는 곳이지만…… 너는 아니지."

"나도 가고 싶어……."

나는 삼겹살을 다 씹지 못하고 소주를 마시며 꿀꺽 삼켰다. 경민의 표정 때문이었다.

"갑자기 왜?"

"소설을 쓰고 싶어서."

"소설은 대학 안 가도 쓸 수 있어."

"아니, 문예창작학과라는 곳에 가서 정식으로 소설에 대해 배우고 싶어. 누나, 나 꼭 쓰고 싶은 소설이 있어."

그 누구에게도 말을 하지 않았지만 나는 이 년째 신춘문예에 작품을 응모하고 있었다. 내년부터는 어디 창작커뮤니티에라도 들어가 볼까? 생각하고 있었다. 경민이 내 작품을 칼질해주는 문우였는데, 너무 직설적으로 많은 부분을 도려내기 때문에 문우로서 관계를 유지하고 싶지 않았다. 내가 꾀를 부렸던 부분이나 살짝 눙치고 지나가려 했던 부분을 기가 막히게 알아챘다. 사실은 경민이 소설 습작으로는 선배였다. 독서량도 나보다 월등했다. 그러나 경민은 제 작품을 잘 보여주지 않았다. 환상적이고 몽환적인 데다 한 번 읽어서는 대체로 이해되지 않았다. 알레고리적 형상화가 뛰어나다고 해야 하나? 묘사도 훌륭했고 감히 상상할 수 없는 서사와 스토리 전개여서 부러웠다. 나는 아무리 고민을 해도 이미 누군가가, 어디선가 본 듯한 빤한 이야기의 뼈대를 가져다가 살을 붙인 것이었다. 요새 애들은 인터넷 매체와 웹툰에 노출되어 있어 이미지 형상화에 능한 것인지, 아니면 오랫동안 자기만의 세상에 빠진 삶을 살면서 책과의 소통으로 인한 나름의 내공인지, 확실치 않았지만 나는 질투심이 발동해 경민의 습작품을 읽고 좋은 말을 하지 않았다.

"내 취향은 아니야!"

경민의 습작품을 내던지며 까칠하게 말했다. 경민이 곧바로 반박했다.

"누나는 너무 쉽고 감성적인 소녀 취향의 책만 봐서 작품이 가볍고 빤한 서사만 그리는 거야!"

나보다 더 신랄하게 나를 깠다. 얼굴이 벌겋게 달아올라 손부채질을 하는데도 경민은 개의치 않았다.

"그런 감상적 작품이 꼭 나쁘다는 건 아니야. 하지만 소설이란 무엇일까? 인간의 이중성, 어두운 그림자를 보는 거…… 세상은 아름답고 낭만적이다! 그럴 거면 수필이면 되지. 나는 그래서 소설이 좋은데. 누나, 소설 이론서도 좀 읽어 봐."

열두 살이나 어린 동생에게 기죽기가 싫었다.

"야! 네가 아무리 잘난 척을 해도 소용없어. 음악천재나 신동이라는 말은 있어도 문학천재, 문학 신동이라는 말은 없거든. 왜 그런지 알아? 문학이란 사람의 연륜과 경험을 무시할 수 없는 장르이기 때문이야. 책만 댑다 판다고 되는 줄 알아?"

흥분하니 속어가 튀어 나왔고 목소리도 한층 더 올라갔다.

"대체로 그렇다는 것이지. 아예 없었던 건 아니었어. 괴테는 여덟 살에 시를 지었고, 열세 살에 첫 시집을 냈어."

경민의 목소리는 여전히 같은 톤이었다. 그게 더 열 받게 했다.

"……? 야, 그건 시니까 가능한 거지. 소설은? 소설은 없지?"

"내 나이가 몇인데 문학 신동이라는 소리를 하는 것인지……."

경민은 혼잣말을 하면서 고개를 살래살래 흔들었다. 한마디 더 하는 게 치사스러웠지만 참지 못했다.

"어쨌든 소설은, 아직은 네가 좀 힘들다는 말이야!"

이쯤이면 고등 검정시험을 치러보라고 하는데도 경민은 말을 듣지 않았다. 동남대학교 문예창작학과에 가려면 그 아이들 수준은 되어야 한다며 이번에도 응시를 하지 않았다. 왜, 하고 많은 대학교 중에서 동남대학교냐고 나는 묻지 않을 수 없었다.

"그냥!"

대답이 시시했다. 명우 때문이 아닐까? 하지만 그렇게 물을 수 없었다. 한 번도 우리는 명우에 대해 지금껏 이야기를 하지 않았다. 그것은 나나 저나 아픔일 거라고 짐작할 뿐이었다. 어쩌면 나에 대한 배려일 수도 있었다. 그날 저녁 나는 동남대학교 홈페이지에 들어갔다. 내가 다닐 때는 문예창작학과가 없었다. 신설된 지 칠 년이 되었다. 간혹 학교에서 문예창작학과에 가겠다는 아이들이 있었다. 특히 문예반을 맡고부터 상담을 해오는 아이들이 있었다. 나는 다른 대학은 추천해도 동남대학교는 한 번도 언급하지 않았다. 그럼에도 아이가 먼저 동남대학교를 언급하면 모르쇠 했다. 경쟁률이 꽤 높은 편이었다. 시 담당 교수도 그렇고 소설 담당 교수도 한국문단에서 이름이 난 작가들이었다. 그때 시간강사로 〈글쓰기 이론과 실제〉 교양과목을 강의했던 정수나 작가가 문창과 소설 담당 교수가 되어 있었다.

그러니까 대학을 가겠다고 마음먹었던 그때부터 생을 마감한 사년의 시간이 경민에게는 가장 행복했던 순간이었을 것이다. 동남대학교 문예창작학과 수시합격자 명단에서 이경민, 제 이름을 발견하고 나를 번쩍 안고 뱅그르르 돌았다. 그 모습이 지금도 눈에 선하다. 당장 부모님을 만나러 가자고 졸랐다. 마치 몸에 날개가 달린 듯, 커다란 풍선에 몸을 매단 듯, 땅에서 오 센티미터는 떠 있는 걸음걸이었다.

"드디어 깊고 어두운 터널을 벗어나 이제 밝은 세상으로 나왔어요."

봉안당에 들러 할아버지와 할머니, 그리고 엄마와 아빠에게 그렇게 말했다.

대학로 근처에 원룸텔을 얻어주었다. 학교 기숙사는 생각도 안 했다. 경민은 생각보다 돈이 많이 들어가자 열심히 작품 써서 누나보다 먼저 등단하겠다며 두고 보라고, 그 대신 상금은 모두 누나에게 받치겠다고 했다. 너무 기뻐도 가슴이 아프고 저렸다.

두 번째로 경민을 방문하고 연암에 있는 집으로 오기 위해 터미널에서 시외버스를 기다리다가 나는 표를 물렸다. 그러고는 102번 시내버스를 탔다. 대학로를 지나고 샘물사거리를 건너고 홈플러스와 이마트를 지났다. 대학로에서는 학생들이 여러 명 탔지만 샘물사거리에서는 두 사람이 탔고 홈플러스와 이마트에서는 많은 사람들이 내리고 탔다. 멀찍이 CGV가 있는 번화가를 지나고 참사랑 병원을 지났다. 참사랑 병원은 새로 생긴 것 같았다. 시청이 나오고 약촌 오거리를 지났다. 이제 곧 남부시장을 지날 차례였다. 나는 참지 못하고 창밖으로 눈을 대고 보이지 않을 거라는 것을 알면서도 동남순댓국집이 있는 모퉁이를 쳐다봤다. 보이지 않았다. 새로 건물을 지은 것 같지는 않은데 리모델링을 했는지 주위가 너무 변해 있었다. 어느새 버스는 갈음동에 도착했다. 큰길, 그러니까 시민공원을 사이에 두고 오른쪽으로 꺾어지면 내가 살았던 행복아파트였고 그 맞은편이 명우가 살던 중대형 평수의 이편한 아파트였다. 지금도 그곳에 살고 있을까? 시민공원을 가로질러가면 갈음동 공공도서관이 있었다. 더 가면 옥림동이었다. 명우와 헤어지고는 102번이 아닌 102-1번을 타고 약촌 오거리에서 옥림동으로 빠지는 노선으로 다녔다. 전자랜드 사거리에서 내려 큰길을 두 개나 건너 집으로 갔다. 행여나 동남순댓국집 아줌마를 만날까 싶어서 이 년 동안을 그렇게 했다. 이제는 모두 지난 일이라고 생각했는데 아닌 모양이었다. 곧바로 코가 맹맹했다. 버스는 아줌마 한 명을 싣고 출발하려고 했다. 나는 자리에서 벌떡 일어나 아저씨, 잠깐만요! 차를 세우고 후다닥 내렸다. 곧바로 지나가는 택시를 타고 시외버스터미널로 다시 돌아왔다.

통장이나 인터넷 등의 비밀번호를 설정할 때 생년월일이 같다는 이유로 설정이 안 될 때면 아직도 나는 명우나 동남순댓국집의 전화번호를 이용한다. 잘 살고 있겠지? 결혼을 했을까? 했을 거야. 나이가 몇인데…… 애는 몇이나 됐을까? 아줌마는 지금도 식당을 하고 있을까? 다음에는 꼭 한번 들러봐야지. 아니 봐서 뭐 해? 연암시 시외버스터미널로 버스가 도착할 때까지 나는 그곳을 헤맸다.

#-2

"싫다고 말해! 말을 해야 알지!"

오늘도 경민은 아이들에게 말을 못하는 바보라고 놀림을 당했을 것이고, 선생이 보지 않은 곳에서는 장난감을 빼앗겼을 것이고, 맞았을 것이고, 꼬집혔을 것이다. 아이들은 하루만 지나도 경민이가 자신들과 다른 아이라는 것을 알았다. 사고는 꼭 다음 날 터졌다. 세 번째로 바꾼 어린이집이었다.

첫 번째 어린이집에서 그들은 차라리 장애인 시설에 보내는 게 어떻겠느냐고 했다. 나는 화를 누르지 못하고 경민의 손을 잡고 나왔다. 두 번째 어린이집에서는 대거리를 하다가 쫓겨났다. 여기서 나오면 이제 다른 동네로 가야 했다.

경민을 달래지도 못하고 손목을 끌고 사랑반 선생을 따라 원장실로 들어갔다. 따지는 게 절대 아니라는 듯 나는 억지로 입꼬리를 올렸다.

"전에도 말씀드렸지만 우리 경민이는 못 듣는 게 아니에요. 말을 그냥 안 하는 것뿐이라구요. 한 달 전만 해도 입을 가만히 놓아두지 못하는 수다쟁이였다니까요. 병원에서도 아무 이상이 없다고 했어요."

원장이 한숨을 쉬고 사랑반 선생과 눈을 맞췄다.

"그래서 우리도 경민이를 받아준 거잖아요. 하지만 여기는 엄연히 단체 생활을 하는 곳이에요. 사랑반 아이면 모두가 함께 수행해야 할 작업이나 놀이, 공부 같은 게 있는데…… 경민이는 어렵다고 봐야 해요."

나는 원장의 말을 끊고 끼어들었다. 그러면 내가 손해라는 걸 아는데도 그랬다.

"누가 건드리지만 않으면 혼자 잘 놀잖아요. 말을 못 알아듣는 게 아니라 안 하는 것뿐이니까요. 선생님께서 그림을 그리라면 그릴 것이고 블록놀이를 하라고 하면 알아서 할 건데……."

사랑반 선생이 내 말을 끊었다.

"그렇다고 경민이만 한쪽에 놓고 수업을 할 수는 없어요. 이번 일도 그래요. 경민이만 쳐다보고 있을 수 없어요."

"선생님, 경민이만 쳐다봐달라는 게 아니라 다른 애들이 때리거나 꼬집거나 장난감을 빼앗거나 하는 것만 못하게 해달라는 건데요. 여기 보세요. 얼굴에 손톱자국 난 거랑 팔뚝에 멍 자국……."

"누님, 이러시면 곤란해요. 가뜩이나 열악한 환경에서 근무하는

52

선생님이라 내가 미안해 죽겠는데, 어떻게 더 요구를 해요. 어린이
집을 다른 곳으로 알아보시는 게 좋겠어요. 한 가지 더 말씀드릴 게
있어요."

원장이 작정한 듯 사랑반 선생에게 눈짓을 했다.

"지금 경민이가 입고 있는 바지가 이상하지 않나요?"

나는 그만 한숨을 쉬고 말았다. 경민이 앞에서 자꾸 이런 모습을
보이면 안 되는데…….

"경민이 게 아니네요."

자기들에게 따지지 말고 너야 말로 제대로 신경을 쓰라는 듯 원
장과 사랑반 선생은 동시에 콧방귀를 뀌며 눈을 흘겼다. 사랑반 선
생이 덧붙였다.

"그래요. 어제도 그랬고 오늘도요. 오줌이 마려우면 마렵다고 얘
기를 해야 하는데 그냥 바지에 싸버리잖아요. 여벌로 챙겨 준 바지
가 없어서 다른 애 것을 입혔어요."

경민이 내 치마를 잡아당기며 고개를 숙였다. 더 이상 뭐라 대꾸
할 말이 없었다. 경민은 분명히 오줌이 마렵다고 어떠한 신호를 보
냈을 것이다. 하지만 선생은 그것을 보지 못했거나 못본 척했을 것
이다. 혹을 떼려다가 부치게 됐다. 작은집으로 들어오는 게, 성질난
다고 유치원을 바꾸는 게, 아니었다. 그러한 일들이 경민에게 얼마
나 스트레스인지 거기까지는 생각을 못했다. 밤이면 이불에도 오줌
을 싼다. 전에는 한 번도 없었던 일이었다. 나는 결국 그녀들이 요구

하는 대로 경민에게 기저귀를 채운다는 것에 동의하고 말았다.

소각장에서 부모님의 왼쪽 손목에 걸어두었던 염주와 『근행요전』를 소지할 때 스님이 물었다.

"꼭, 명조네 집으로 들어갈 거냐?"

내가 고개를 끄덕이자 스님은 연기가 눈에 들어간 것처럼 눈살을 찌푸렸다.

"엄마와 아빠가 없는 집에서 살 자신이 없어요."

내 방문을 열고는 우리 딸 공부한다더니 불만 켜놓고 졸고 있네, 다가와서 어깨를 주물러 주고 가던 아빠를 생각하지 않고 책상에 앉아 있을 자신이 없었다. 미술 수업이 든 날에는 조각남에게 잘 보이기 위해 고대기로 앞머리를 펴다가 밥시간을 놓쳐 허둥대며 현관에서 운동화를 신으면, 김치볶음밥을 김에 돌돌 말아 건네주며 우리 딸 보는 눈이 그렇게 없어서 어떡하냐고 눈을 흘기던 엄마의 배웅 없이 학교에 갈 자신이 없었다. 스님은 내 생각을 꿰고 있다는 듯이 말했다.

"작은 아파트라도 얻어 옮기는 것은 어떠냐?"

그것도 생각 안 해본 건 아니었다. 작은아빠 말로는 아빠가 동업으로 운영하던 레스토랑을 정리해야 하는데 빚이 많다고 했다. 빚을 갚는 게 우선이라고 했다. 요리도 제대로 못하는 엄마가 레스토랑까지 나가 거들었던 것을 보면 일이 잘 되어갔다고 판단할 수 없었다. 이런 와중에 무슨 휴가를 가느냐고 엄마가 짜증을 냈고 아빠는 충전의 시간이 필요해서 그렇다며 두 분이 다투었다.

아빠가 동업으로 레스토랑을 시작할 때, 엄마는 절대 동업은 안 된다고 김밥 집을 하더라도 아빠 혼자 하라고 했다. 아빠는 동업자가 있는데 왜 구멍가게를 하느냐고 당신이 사업이 뭔지나 아느냐며 큰 소리가 오갔다.

"헤이, 사랑싸움은 우리 없는 데서 하지? 나 고 삼이거든!"

내가 끼어들지 않으면 엄마가 베개를 들고 내 방이나 경민의 방으로 갈 것 같았다. 그런데 아빠가, 아빠 편이 되어 달라고 눈빛으로 요청하고 있었다.

"김밥 집은 아줌마나 아저씨로 불리지만 레스토랑은 사장님이라고 부르잖아. 사장님이 우리 아빠라면 친구들 보기에도 좋지 않을까?"

먼저 엄마와 눈이 마주쳤더라면 나는 그렇게 말하지 않았을지도 모른다.

"아이, 몰라! 몰라! 가위바위보 해!"

이렇게 둘러댔을 것이다. 그러나 아빠가 내 방문을 열고 들어와 어깨를 주물러 줄 때 금연에 성공했다고 자신 있게 말하던 아빠한테서 다시 담배 냄새가 났다. 아파트 놀이터에서 몰래 담배를 피우다가 내게 들키고는 엄마한테는 절대 비밀이라며 바지 주머니에서 꼬깃거리는 만 원짜리를 손에 쥐여 주며 공부나 열심히 하라고 했다. 새벽인데 베란다에 서서 밖을 보며 한숨을 쉬던 아빠의 뒷모습을 봤기 때문에 나는 그렇게 말할 수 없었다. 엄마가 둘 다 허파에 바람만 잔뜩 들었다며 문을 꽝 닫고 안방으로 들어가 버렸다.

아빠가 어떤 이유로 신문사를 그만두고 친구와 동업을 하게 됐는지, 왜 그렇게 빚이 많은지, 자세한 내막을 나는 알지 못한다. 작은아빠는 우리 집을 팔아도 빚 정리가 어렵다며 한숨을 쉬었다. 조카도 자식인데 내가 건사해야지, 작은엄마한테는 말해놓을 테니 걱정마라며 내 어깨를 토닥여주는데, 금액이 얼마나 되느냐고 물을 수 없었다. 더 솔직히 말하면 지금 내가 처한 상황이 뭔지 알 수 없었다. 그래서 작은아빠가 내민 위임장에 사인을 했다. 수능이 코앞이었다. 내 삶은 '대학'이라는 두 글자만 보고 달려왔다. 차가 정차하면 앞으로 쏠리는 승객처럼 부모님이 돌아가셨어도 '대학'에 들어가야 한다는, 다른 생각을 할 수 없었다. 그리고 경민의 상태가 좋지 않았다. 병원에 가봐야 했다. 아니 병원보다 엄마처럼 보호해줄 사람이 필요했다. 작은엄마가 친절한 사람은 아니지만 조카인데 나 몰라라 하지는 않을 것이다.

"네 뜻이 정 그렇다면야."

스님은 더 이상 언급하지 않았다. 합장을 하면서 나무관세음보살이라고 했다. 나를 앞장 세워 소각장을 벗어나다가 다시 불러 세웠다.

"무슨 일이 있게 되면, 그렇다고 무슨 일이 있을 때 찾아오라는 게 아니야. 어쨌든 전화도 자주하고 일요일에는 경민이 데리고 놀러 오고."

나는 그제야 입꼬리를 올리며 고개를 끄덕였다.

학교가 멀어서도 그랬지만 작은집에 와서는 아침밥을 한 번도 먹지 못했다. 작은엄마는 우리를 위해 아침밥은 챙겨주지 않았다. 냉장고를 열고 먹을 게 없을까 찾고 있는데 잠옷차림으로 나타난 작은엄마가 나를 밀치고 우유를 꺼내 컵에 따라 주었다. 할 말이 있다고 잠깐만 앉아보라고 했다. 나는 시간이 없다고 했다.

"내일부터 나 출근해. 경민이 어린이집에 보내."

나는 우유를 마시다가 그대로 컵을 내려놓았다.

"특목고는 아무나 가는 곳이 아니라는 거, 너도 알지? 내 아들 경호가 과외를 안 할 정도로 똑똑하지는 않구나."

경오는 반에서 일등을 하는 아이였다. 가족모임 때면 작은아빠와 작은엄마는 경호 자랑을 못해 안달이었고 우리 아빠와 엄마는 그것을 무시하느라 애썼다. 나는 반에서 십 등 안에도 못 드는 딸이었다. 그런 내 아들을 위해 일을 하겠다는데…… 나는 작은엄마가 내미는 어린이집 주소와 연락처가 적힌 명함을 받아 교복 윗주머니에 넣었다. 전혀 목소리를 키우지 않고 상대방에게 자신의 뜻을 관철시키는 작은엄마가, 소리를 지르고 화를 내는 작은아빠보다 대하기가 더 곤혹스러웠다.

다음 날 학교를 조퇴하고 어린이집에 가는 대신 경민을 병원으로 데려 갔다. 큰 병원에 가고 싶었지만 1차 기관의 진단서가 있어야 했고 예약을 해야 했다. 동네 소아과는 감기환자와 예방접종 환자들로 북적댔다. 젊은 의사가 감기환자를 진료하듯 경민의 입안을 들여다봤다. 귀와 눈을 살폈으며 청진기로 가슴과 등을 대보았다. 답답했다. 내가 재차 찾아 온 이유를 말했다. 젊은 의사는 볼펜과 사탕을 앞에 놓고 물었다.

"사탕이 어떤 거야?"

경민이 사탕을 집어 들었다. 작은엄마처럼 아무 이상이 없다고 시간이 지나면 말하게 된다며 감기 기운이 있는 것 같은데 약이나 처방해 가라고 했다. 나는 무엇을 잘 안 먹는다고 했다. 영양제도 처방전에 추가시켜주겠다며 다음 환자를 들여보내라고 간호사에게 말했다.

나는 소아과를 나오면서 처방전을 찢었다. 약국에 들러 영양제만 한 통 샀다. 갑자기 세상이 나만 따돌리기로 작정한 것 같았다. 반 아이들도 담임도 그랬다.

"야, 반장! 왜 나한테는 운영비 달라고 안 해?"

"어? 그냥…… 저번 달 회비가 좀 남아서 굳이 다 안 내도 되거든."

나는 지갑에서 만 원짜리를 꺼내 반장 손에 쥐여 주고 천 원짜리 다섯 장을 빼들었다. 그런데 옆에 있던 부반장이 얼굴을 찡그리며 말했다.

"이경은, 안 내도 된다고 했잖아. 낼 거면 확실히 내든가!"

반장이 부반장의 팔목을 끌고 가며 아니라고 손사래를 쳤다.

"야, 뭐야? 낼 거면 확실히 내라니?"

부반장이 반장을 뿌리치며 대답했다.

"우리 매달 만 원씩 걷어서 수능 끝나면 놀러가자고 했잖아. 물론 강제사항은 아니라고. 돈 안 낸 사람은 안 가는 거니까."

부반장이 반장을 쨰려보고 할 말은 해야겠다는 표정으로 쏘아붙였다.

"그래서 내가 확실하게 말하라고 했잖아. 쟤가 놀러 갈 상황이냐?"

나는 천 원짜리를 반장에게 돌려주며 말했다.

"나도 가!"

나는 발톱을 세우고 사방을 경계하고 있다가 누군가 얼씬거리기라도 하면 단번에 상대의 숨통을 제압하려고 달려드는 싸움닭이 되어갔다. 속으로 내가 고아라고 손가락질을 하면서도 겉으로는 그게 네 잘못이 아니다, 그래서 이해한다는 표정의 담임과 아이들로 보였다. 모의고사가 끝났는데 담임이 면담을 하자고 말하지 않았다. 그저 요즘 기분이 어떠니? 작은집에서 학교 다니는 게 불편하지는 않니? 거리가 멀어서 힘들지? 동생은 좀 어떠니? 누구에게도 말하고 싶지 않은 것들만 물었다. 예전처럼 너 정신 안 차리면 이 따위 성적으로 대학에 들어갈 수 있을 것 같아? 사는 게 만만한 줄 아니? 부모 없는 게, 뭐? 부모가 없다면 누가 가엾게 여겨준대? 그래서 대학에서 모셔간대? 그럴수록 악착같이 공부해야지. 이제는 부모도 없는데 누굴 믿어! 이렇게 야단을 쳐주었으면 좋겠는데 담임은 그러지 않았다. 고아가 되었으니 이제 대학 같은 것은 포기

하라는 것인지.

아침에는 어린이집에 경민을 데려다주고 학교에 갔다. 자신이 어린이집에 가야 내가 학교에 갈 수 있다는 것을 알기 때문에 가지 않겠다고는 안 했다. 하지만 빨간색 지붕의 〈꿈에동산〉이 가까워지면 발걸음이 한없이 느려졌다. 하루 종일 기저귀를 차고 있어 벗겨 보면 사타구니가 벌겠다. 담당교사에게 중간에 기저귀를 좀 갈아주면 좋겠다고 했더니 그게 오히려 애들에게 놀림감이 될 수 있지 않겠느냐고 되물었다. 집에 데려와 찬물로 씻기고 건조시키느라 팬티를 벗겨 놓으면 경나도 병신 새끼, 변태 새끼, 라고 했다. 그 소리가 욕인 줄 알고 경민이 팬티를 얼른 주위 입었다.

치마허리가 남아돌아서 접어 입었다. 경민도 바지에 멜빵을 채워야 했다. 통통하던 볼살이 홀쭉해졌고 틈만 나면 어딘가에 기대어 꾸벅꾸벅 졸았다. 밥을 억지로 먹게 하지 않으면 한 숟가락도 입에 넣지 않았다. 간식으로 나눠준 사탕이나 과자도 손에 쥐고만 있었다. 녹아서 끈적였고 애들이 빼앗아 가면 그런가보다 했다. 씻기다가 화가 나 엉덩이를 때렸다. 바보처럼 울기만 하는 경민을 붙들고 나도 울었다.

삐삐에 청운사 전화번호가 찍혔다. 처음에는 곧바로 전화를 했다. 그런데 요새는 하지 않았다. 괜히 작은집에 대한 고자질을 하는 것 같았고 그러다 보면 눈물이 나서 통화를 할 수 없었다. 내가 연락을 안 하니 하루 꼴로 삐삐를 쳤다. 점심시간에 매점에 들러 수화기를 들었다가 도로 내려놓았다.

경민의 손을 잡고 집으로 가는데 아파트 입구에 스님이 서 있었다. 왈칵 눈물부터 쏟아졌다. 스님이 성큼 다가와 경민을 안았다. 주위를 둘러보며 앞장서 걸었다.

경민이 전복죽을 땀을 쏟으며 반 그릇이나 비웠다. 하지만 나는 한 숟가락도 뜰 수 없었다. 혼자서 잘 먹는 경민에게 괜히 티슈를 들고 입가를 닦아주는 척, 반찬을 집어주는 척했다. 경민이 수저를 놓고 물을 마셨다. 스님이 경민에게 물었다.

"내가 자주 오냐?"

경민이 고개를 끄덕였다. 나는 아니라고 손사래를 쳤다. 스님은 내가 거의 손도 안 댄 죽을 포장해 달라고 점원에게 말했다.

스님은 포장된 죽과 함께 봉투를 내밀었다. 봉투에는 청운재단이라고 명조체로 씌어 있었다.

"너희 할아버지 돈이다. 내가 주는 돈이 아니야!"

나는 봉투를 스님 앞으로 밀었다.

"용돈은 있어요. 이 돈이 얼마인지는 모르지만 대학갈 때 학비로 보태주세요."

일주일이나 같은 페이지를 보고 있었다. 모의고사 점수도 20점이나 떨어졌다. 수능이 한 달밖에 남지 않았는데 그랬다. 졸 상황이 아닌데 앉기만 하면 책에다 이마를 찧고는 화들짝 눈을 떴다. 새벽한 시였다. 곧바로 일어나 경민의 오줌을 누이기 위해 경오의 방문을 열었다. 경오가 헤드폰을 끼고 눈을 감고 신음하고 있었다. 순간적으로 모니터를 보았다.

"아, 씹할……."

경오가 욕과 동시에 컴퓨터 전원을 눌렀다. 특목고 대비 영어공부를 위해 컴퓨터를 사주는 거라고 작은아빠와 작은엄마는 내가 묻지 않았지만 말했다. 하지만 경오는 영어공부보다는 게임에 빠져 있을 때가 많았다. 그런 이야기는 작은엄마나 작은아빠에게 할 필요가 없을 것 같았다. 그런데 포르노까지 보는 줄은 몰랐다.

"너, 뭐라고 했어?"

"왜? 못 들었냐? 거지 같은 것들이……."

경오는 필요 이상으로 내게 화를 냈다. 나 또한 필요 이상으로 대거리를 했다.

"뭐?"

"아이 씨팔, 빨리 안 꺼져?"

"못 꺼져! 이 변태 새끼야!"

바지도 추스르지 않고 경오가 일어나 내 머리를 움켜쥐고 발로 방문을 밀어 닫았다. 중학교 이학년 남자아이의 힘이 이렇게 쎈 줄 몰랐다. 벗어나려고 발버둥 쳤지만 쉽지 않았다. 휘청거리다 벽에 머리를 찧었다. 정신이 아찔했지만 발딱 일어났다. 경오의 뺨을 세게 갈겼다. 손바닥이 불에 지진 것 같았다.

"아이, 이 거지 같은 년이……."

경오가 내 뺨을 쳤다. 머리가 휙 돌아갔다. 하지만 쏘아보며 말했다.

"나도 더 이상은 이 집구석에서 살고 싶지 않아, 이 변태 새끼야!"

아까부터 울고 있는 경민의 옷을 서둘러 입혔다. 집을 나왔다. 그 난리를 치는데도 안방에서는 인기척이 없었다.

외투라도 걸치고 나왔어야 했다. 아파트를 벗어나자마자 몸이 오그라드는 것 같았다. 경민의 옷을 추슬러주고 안았다. 큰길로 나섰다. 지나가는 택시를 세웠다.

다시 만나다

"거짓말."

하나도 변하지 않았다는 명우 말에 내가 한 말이었다. 십오 년만이었다. 그는 무엇이 변했고 무엇이 변하지 않나? 무테안경을 썼고 눈가와 볼이 처져 얼굴선이 무뎌졌다. 머리는 여전히 상고머리였다. 배가 나오지는 않았지만 몸매 관리를 잘해 식스팩이 있어 보이지는 않았다. 서른다섯의 한국 남성을 모아놓고 평균치를 내보면 딱 그만큼의 모습일 것 같았다. 나는 고개를 끄덕였다. 괜찮네. 그 정도면 잘 살고 있었던 것이다.

명우가 그립지 않다면 거짓말이었다. 그렇다고 미치게 보고싶거나 참을 수 없어서 입술을 깨물던 적도 없었다. 보고 싶다, 뒤에는 우악스럽게 나를 끌고 가던 동남순댓국집 아줌마가 뒤따랐기 때문이었다.

명우도 나를 스캔하고 있었다. 피식 웃음이 나왔다. 대담하게 나를 지목하던 어설픈 청년의 모습이 아직도 남아 있었다. 명우도 따라 웃었다. 그런데 내가 청운사에 있다는 걸 어떻게 알았을까? 아니 왜 왔을까? 영화나 드라마에서처럼 결혼은 했니? 와이프는 예쁘니? 애는 몇이니? 어떤 일을 하니? 아줌마는 잘 계시니? 그런 일상에 대한 질문을 해야 맞았다. 하지만 그러한 사소한 걸 말하고 싶어서 십오 년 만에 내 앞에 나타난 것은 아닐 거라는 짐작은 할 수 있었다.

명우도 지역의 대학에서, 그것도 모교에서 끔찍한 살인사건이 일어난 걸 알고 있을 것이다. 그 사건의 주인공이 다름 아닌 경민이라는 것을. 그래서 나를 찾아왔을 것이다. 위로 따위는 이제 신물이 났다. 그게 옛 연인 명우라도. 아니 죽은 부모가 환생을 했대도. 참 이상했다. 십팔 년 전 한꺼번에 부모를 잃었을 때는 내가 너무 어려서 그랬는지, 경민을 돌봐야 한다는 책임감 때문이었는지, 고통스럽고 괴롭기는 했지만 이렇게 죽을 것 같지는 않았다. 하루가, 일주일이, 열흘이, 한 달이, 두 달이, 일 년이 지나면서 부모를 잃은 상처가 느리게 아물었다. 단지 부모의 죽음이 음주 후 추락사한 것은 아니라는 의문은 지금도 떨칠 수 없었다. 부모님의 기일만 되면 경민에게 아니 경민이가 무슨 말을 해주지 않을까 기대했지만 끝내 아무 말도 듣지 못했다. 경민이만 생각하면 맨정신으로 도저히 살 수 없었다. 시간이 지날수록 잊히는 게 아니라 왜? 라는 의문의 갈고리가 내 머릿속을 헤집고 다녔다. 내가 경민의 죽음에 관여한 것은 없을까? 어쩌면 나라는 년은 살아 있으면 안 되는 게 아닐까? 부모를 잡아먹은 년, 동생을 잡아먹은 년…… 그래, 명우를 떠나지 않았다면 어쩌면 너도 잡아먹었을지도 모르지. 그래서 동남순댓국집 아줌마가 악귀 물리치듯 나를 떨쳐냈던 이유였겠지.

청운사에 와서도 술을 마시지 않으면 잠을 잘 수 없었다. 하지만 알코올의 상승작용은 나를 더 비참하게 만들었다. 그 긴 여행을 가기 전이니 경민의 얼굴을 보고 왔어야 했다는 생각과 경민에게 집에 왔다가라고 했더라면 어땠을까? 미나라는 아이를 내가 만났더라면, 그래서 친근한 자매처럼 카톡을 주고받는 관계였다면. 그랬더라면, 혹시 나를 봐서라도 경민을 살해하지는 못하지 않았을까? 아니, 밥이라도 한 끼 사주고 경민과 좋은 친구가 되라고 다독였다면…… 그 애는 정말로 경민을 사랑했을까? 사랑한다면서, 어떻게 그렇게 잔인하게 사람을 죽일 수 있을까? 혹시 정신이 이상한 사이코패스가 아닐까? 그 전에 내가 그년을 꼭 만나봤어야 했는데. 비정상적인 아이 같으면 경민을 못 만나게 했어야 했는데. 동남순댓국집 아줌마처럼. 나는 누나 자격도 없는 년이다. 아니, 처음부터 동남대학교에 원서를 못 넣게 했어야 했는데. 아니 원룸텔을 얻어주지 말고 기숙사에 있게 했어야 했는데. 아니 정수나 교수를 찾아가 소설을 쓰면 잘 쓰겠다고 했던 나를 기억하느냐고, 이 아이가 내 동생이라고, 이 아이는 관심과 애정이 필요한 아이라고, 불쌍한 아이라고, 잘 좀 부탁드린다고 했어야 했는데…… 아니 명우에게, 그

66

래 명우를 만나서 부탁했어야 했는데……

경민이 생과 사를 오갈 때 나는 해외여행의 즐거움에 빠진 것으로도 모자라 음악 선생과 침대에서 뒹굴었다. 그를 사랑하는 것도 아니면서.

나는 마시던 술병을 들고 봉안당으로 들어가 경민의 웃고 있는 사진을 보고 물었다.

"경민아, 누나가 웃기지?"

옆자리의 부모님에게도 소리를 질렀다.

"엄마, 아빠! 이게 웃겨요?"

하지만 모두 웃고만 있을 뿐 대답이 없었다. 할아버지와 할머니한테도 비틀거리며 갔다. 할아버지는 웃지 않고 큰 눈으로 나를 쳐다보았다.

"할아버지는 왜, 웃지 않나요? 웃어 봐요……"

누군가 내 어깨를 흔들었다. 차가운 바닥에 쓰러져 잠들었던 것이다. 장묘 관리사 최 씨였다. 비틀비틀 일어나 요사채로 돌아왔다. 그날은 그렇게 하루를 마감했다. 어떤 때는 최 씨 등에 업혀 올 때도 있었다. 술이 없으면 밤에 잠을 잘 수가 없었다. 뒤척이다가 일어나 장묘 사무실로 갔다. 그들이 있으면 소주를 얻어 마시거나 내가 술을 사와서 같이 마셨다. 언제부터인가 그들은 내가 나타나면 내뺐고 사무실 냉장고에 한두 병 있던 소주도 보이지 않았다. 그런 날은 마을로 내려가 술을 사서 관리사무실로 갔다. 빈 사무실에 앉아 술을 마시다 눈을 떠 보면 창재 형제가 나를 내려다보고 있었다. 창재는 울며 등을 내게 내밀었고 영재는 아무 말 없이 나를 부축해 그의 형에게 업히게 했다.

또 어떤 날은 자려고 누웠다가 발딱 일어났다. 적묵당까지 어떻게 갔는지 기억나지 않았다. 그리고 무슨 말을 쏟아냈는지도. 다만 스님 장삼에 토악질을 해놓고 쓰러졌다가 보살이 내 등짝을 부쳐 대 일어났다.

"스님, 주무실 때 당분간 문 걸어 잠그세요."

보살이 나를 끌고 나오며 말했다. 그런데 댓돌에 내 신발이 없었다. 보살이 혀를 차며 말했다.

"에고, 맨발로 왔구만. 기가 막히네."

나는 보살을 밀치고 그대로 걸어서 내 방으로 들어와 쓰러졌다.

아침에 일어나 방문을 여니 열리지 않았다. 문을 흔들어도 소용이 없었다. 밖에서 영재가 말했다.

"종무 스님이 문 잠그라고 했어요."

누군가에게 제대로 뺨을 얻어맞은 듯 얼굴이 화끈거렸다. 하지만 화가 치밀어 가만히 있을 수 없었다.

"보살님은? 보살님 좀 불러 줘!"

한참 있다가 슬리퍼 끄는 소리가 났다.

"왜?"

"나 오줌 마려. 얼른 문 열어!"

"거기 윗목에 요강 안 보여? 내가 종무 스님한테 그렇게 하자고 했어. 안 그러면 너 죽는다고. 큰스님은 모르는 일이니까 조용히 있어."

온몸에 기운이 딸려 그대로 주저앉았다. 얼마나 그러고 있었을까. 영재가 문을 열어주었다. 그렇게 또 하루를 보내고 이틀을 보내고 일주일을 보냈다. 그러니까 나는 살아 있었다. 술에 기운이 탈탈 딸리면 하루는 잠자코 지낼 때도 있었다. 그런 날은 요사채 마루에 앉아 지는 해를 바라보며 오늘도 나는 살아 있고 하루가 또 가는구나. 한숨을 푸욱 내쉬었다. 그리고 닦아도 닦아도 흘러내리는 눈물을 닦았다.

똑, 똑, 똑…… 목탁소리가 들리더니 염불이 이어졌다. 저녁 예불 시간이었다.

살생으로 지은죄업 참회합니다.

도둑질로 지은죄업 참회합니다.

사음으로 지은죄업 참회합니다.

거짓말로 지은죄업 참회합니다.

꾸민말로 지은죄업 참회합니다.

이간질로 지은죄업 참회합니다.

악한말로 지은죄업 참회합니다.

탐욕으로 지은죄업 참회합니다.

성냄으로 지은죄업 참회합니다.

어리석어 지은죄업 참회합니다.

백겁 천겁 쌓인 죄업 한 생각에 사라지고

마른풀이 불에 타듯 남김없이 소멸되네.

죄는 본래 자성 없고 마음 따라 일어나니

마음 만일 없어지면 죄업 또한 쓰러지네.

죄와 만심 모두 놓아 마음 모두 공하여야

이를 일러 이름하여 진실한 참회라 하네.

청운사를 나와 일주문을 지났다. 다 저녁 때 어디를 가느냐고 영재가 쫓아오며 물었다. 나는 바람 좀 쐬고 오겠다며 걱정마라고 일렀다. 타종 소리가 났다. 댕, 댕, 댕…… 개학까지는 삼 일이 남았다. 학교로 돌아갈 자신이 없었다. 아니 일상으로 돌아갈 자신도 이유도 없었다. 휴직계를 냈는데 아예 때려치워야겠다. 스님은 엊그제 내게 천 원 비빔밥 점심공양을 이번 주부터 다시 해보는 게 어떻겠느냐고 물었다. 나는 콧방귀를 뀌었다.

냇가 바위에 엉덩이를 걸치고 앉았다. 저녁 해가 나무 사이를 뚫고 비스듬히 비쳐 들었다. 졸졸졸 흐르는 냇물을 멍하니 보았다. 산나리 옆으로 노란 나비 한 쌍이 앞서거니 뒤서거니 놀고 있었다. 나는 돌멩이를 집어 나비들에게 돌팔매질을 했다. 나비는 맞지 않고 물속으로 튀었다. 그것도 신경질이 나는 일이었다. 다시 돌멩이를 들고 던지려는데 누군가 내 이름을 불렀다.

"경은아!"

뒤돌아보았다. 등산복을 입은 남자였다. 지는 해를 등지고 있어 얼굴이 보이지 않았다. 그가 누구든 관심이 없었다. 귀찮았다. 고개를 돌렸다. 돌팔매질을 다시 하려는데 그가 다가와 내 옆에 앉았다. 베이비로션 냄새가 났다. 명우였다.

명우와 함께 동네로 내려왔다. 청운사 주차장 입구에 늘어 서 있는 음식점으로 들어갔다. 막걸리와 파전을 시켰다. 막걸리를 한 잔씩 마셨다. 내가 입을 다물고 있자 명우도 말이 없었다. 아줌마가 파전을 갖다 놓았다. 명우가 내 앞으로 밀었다. 나는 다시 막걸리 주전자를 들었다. 명우가 주전자를 빼앗기 위해 손을 얹었다. 따뜻했다. 그때야 나는 명우의 눈을 쳐다보았다. 팽팽하던 눈가에 잔주름이 있었다.

"왜 왔어?"

"보고 싶어서……."

체, 콧방귀를 뀌었다. 나는 명우 손을 쳐내고 사발에 가득 막걸리를 따랐다. 그러고는 잔을 비웠다.

"경은아…… 진짜, 너 많이 보고 싶었어."

"가라!"

소리를 지르며 자리에서 발딱 일어났다. 주방에 있던 아줌마가 고개를 내밀고 쳐다보았다.

"계산은 네가 해!"

플라스틱 의자를 밀치고 나가려는데 명우가 내 손목을 잡았다.

"앉아 봐! 할 말이 있어."

"아까 했잖아. 나 보고 싶었다며? 봤잖아. 하나도 안 변했다며? 그럼 됐잖아!"

명우가 내 손을 놓았다. 그러고는 일어났다.

"미나가, 신미나가 우리 교도소에 있어."

"……뭐?"

나는 처음에는 미나, 신미나라는 말을 알아듣지 못했다.

"뭐? 미나? 신미나? …… 알아? …… 그년을?"

명우가 고개를 끄덕였다. 나는 빠르게 물었다.

"교도소? 우리 교도소?"

명우가 느리게 다시 고개를 끄덕이고는 자리에 앉았다. 하지만 나는 철퍼덕 앉았다. 플라스틱 의자가 비명을 질렀다.

"나 교도관이야. 내 직업이……."

"교도관? 그, 그, 감옥 지키는, 아니 죄인 지키는 교도관?"

명우는 피식, 웃고는 제 잔을 들어 마시고 빈 잔을 내려놓았다.

#-3

 청운산은 산새가 크고 깊지는 않으나 둘레길이 완만하여 제법 걸을 만했고 정상에 오르면 세 개의 돌탑이 있었다. 가족탑이라고 불렀다. 아빠를 상징하는 돌탑은 크고 웅장했으며 엄마를 상징하는 돌탑은 작고 아담했고 머리 장식이 화려했다. 그 옆으로 일 미터 크기의 작은 탑이 하나 더 있었다. 고려 우왕 때 세워졌다는 안내판이 있었고 누가 세웠는지 알 수 없다고 씌어 있었다. 등산객들은 그 앞에 수북하게 돌을 쌓아올렸다. 새벽에 올라가면 촛불이 켜져 있었다. 수능이 가까워오자 사람들의 발길이 잦았다. 경민과 가끔 찾아 갔는데 요새는 가지 않고 경내에만 머물렀다.
 작은집에서는 책상 앞에 앉기만 하면 쏟아지던 졸음이 여기서는 새벽예불을 드리려고 스님이 목탁을 두드리고 낮은 목소리로 도량석을 할 때까지 잠들지 못했다.

청산은 나를 보고 말없이 살라하고

창공은 나를 보고 티없이 살라하네

나무아미타불

탐욕도 벗어놓고 성냄도 벗어놓고

물처럼 바람처럼 살다가 가라하네

나무아미타불

성 안 내는 그 얼굴이 참다운 공양이고

부드러운 말 한마디 미묘한 향이로다

나무아미타불

내가 알아듣기 쉽게 하는 독경이었다. 벽에 기대앉았다. 경민도
일어나 내게 머리를 기댔다. 공양주보살이 공양간으로 가는 소리
가 났다. 청운사 아침은 늘 그렇게 시작됐다.

눈이 자주 내렸다. 눈이 쌓인 청운사는 고즈넉했다. 처사를 따라
싸리비를 들고 일주문까지 쓸어 길을 냈다. 온몸에서 하얗게 김이
올랐다. 때로는 법당에 들어가 백팔 배를 드렸다. 그래도 잠을 못
잤고 신열이 났다.

경민은 학교에 입학하지 않았고 나도 대학에 가지 않았다. 경민
은 작은집에 있을 때보다 살도 붙고 웃기도 했다. 오줌도 다시 가
릴 줄 알았고 잠투정도 줄었다. 주소를 청운사로 옮기고 얼마 안 있
어 취학통지서가 왔다. 스님이 학교에 입학할 수 없다는 서류를 제

출했다. 경민은 사람이 많은 곳에 있지 못했고 혼자 있지도 못했다. 내가 보이지 않으면 기름 속 튀김처럼 끓어올랐다. 화장실에 갈 때도 경민에게 말하고 갔으며 때로는 화장실 문 앞을 지키게 했다. 이러한 것들은 사소한 문제였다. 느닷없이 쓰러져 정신을 잃었다가 깨어났다. 두 번째로 쓰러졌다가 가까스로 정신을 차리자 스님이 병원에 가자고 서둘렀다. 진료를 받는데 진땀을 뺐다. 의사는 내 목을 팔로 조이듯 감고 안겨 있는 경민을 보고 뇌전증이라고 했다. 우리는 뇌전증이라는 말을 이해하지 못했다. 스님이 재차 물었다. 의사는 귀찮다는 표정으로 말했다.

"간질이라고요."

기분이 상한 표정이었지만 스님은 잠자코 있었다. 진료실을 나왔다. 약도 타지 않고 경민을 내게서 빼앗듯 안고 처사가 기다리고 있는 주차장으로 성큼성큼 걸어갔다. 청운사로 돌아오자마자 수첩을 꺼내놓고 어딘가로 전화를 걸었다.

주말에 등산객이 스님을 찾아 왔다. 스님이 경민을 데려 오라고 했다. 종무실로 들어가자 등산객이 스님과 차를 마시고 있었다. 그는 안경을 추켜올리며 경민을 자세히 보았다. 그러고는 배낭에서 초콜릿 바를 꺼내 내밀었다. 경민이 내 눈치를 보았다. 내가 고개를 끄덕였다. 경민이 손을 내밀었다. 손님은 경민의 손을 붙잡고 이리저리 살폈다.

"손톱 횡측 색소증도 보이는군요."

경민의 손톱이 누렇게 변형되어 있었다. 철분이 부족하면 그런다고 했다. 각막도 많이 혼탁하다고 했다. 경민에게 혀를 내밀어 보라고 했지만 고개를 돌려 외면했다. 그는 아마 염증도 있을 거라고 했다. 내가 그렇다고 대답했다. 경민이 혓바늘이 돋아 뭘 먹으려고 하지 않았다.

스님이 물었다.

"간질은 아니지?"

그럼요, 라고 했다. 스님과 내가 동시에 안도의 한숨을 쉬었다. 그가 차를 한 모금 마시고 웃으며 덧붙였다.

"스님, 고기를 좀 먹이십시오!"

그가 경민을 학교에 가지 않아도 되도록 서류를 해준 걸로 안다. 그는 가끔 청운사에 들러 경민을 살폈고 영양제와 상비약을 주고 갔다.

청운사에 온 다음 날부터 나는 몹시 아팠다. 사흘째 겨우 일어나 요사채 마루에 앉아 해바라기를 하고 있는데, 작은아빠가 찾아왔다. 다짜고짜 내 손목을 잡아끌었다. 엉덩이를 빼고 안간힘을 쓰며 벗어나려고 했지만 작은아빠의 완력은 당해낼 수가 없었다. 그렇다고 그대로 끌려가기는 정말 싫었다.

"제발…… 작은아빠! 나 좀 이대로 놓아주세요! 작은집은 싫어요!"

"뭐? 너는 네 생각만 해! 사람들이 나를 뭘로 보겠어?"

경민이 그 모습을 보고 경기를 했다. 스님이 법당에서 염불을 하다가 맨발로 뛰어왔다. 분을 삭이지 못하고 씩씩거리는 작은아빠에게 작고 단호하게 말했다.

"당장, 돌아가! 다시는 찾아오지 마시게!"

다음 날, 스님과 처사가 외출했다가 돌아왔다. 내 짐과 경민의 짐을 싣고 왔다.

대학에 가지 못했는데 어쩜 학교에 대한 미련이, 작은집에 대한 미련이, 손톱만큼도 안 생기는지 나 스스로도 의아했다. 햇빛이 좋으면 경민과 천천히 걸어 청운산 정상에 올랐다. 가족 돌탑에 돌을 집어 올렸다. 경민도 나를 따라 했다. 청운산 둘레길을 돌고 왔을 때 스님이 잠깐만 보자고 했다.

"보시 중에서 공양하는 일만큼 복된 일은 없단다. 곧 꽃이 피겠구나. 등산객들이 이곳에 들러 물만 먹고 가는데 밥을 먹고 가게 하면 좋지 않겠어?"

간이식당 입구에 돈을 담는 작은 옹기를 놓았다. 돈이 없어도 상관없었지만 어떤 이는 만 원을 내기도 하고 오천 원을 내기도 했다. 잔돈을 거슬러가는 사람도 있었고 그렇지 않은 사람도 있었다. 옹기에 천 원을 넣으면 공양주보살이 비빔밥 용기에 콩나물, 무나물, 시금치나물을 담아주었다. 밥통에서 개인이 밥을 퍼 담고 고추장도 알아서 덜었다. 나는 대접에 된장국을 떠주었다. 나물은 계절과 상황에 따라 달라졌다. 초여름부터는 된장국 대신 오이냉국으로 바꿔야겠다고 공양주보살이 말했다. 돈은 다음 재료비를 구입하는데 쓰고 남는 돈은 행복복지원에 헌금했다. 행복복지원은 장애인 수용시설로 천주교에서 운영하는 곳이었다.

일요일 점심으로 천 원에 비빔밥을 제공하고부터 청운사를 찾는 등산객이 부쩍 늘었다. 금요일에는 새벽예불이 끝나면 처사가 운전하는 차를 타고 우리는 시장을 보러 외출을 했다. 먼저 새벽시장에 들러 비빔밥 재료와 청운사에 필요한 장을 봤다. 시장 끝에 있는 식당에서 경민과 나는 순댓국밥이나 선짓국, 때로는 불고기와 갈비를 먹었다. 하지만 스님과 작은처사 부부는 백반을 먹었다. 행복복지원에 들러 한 시간 가량 경민은 수녀님에게 수화와 쓰기를 배웠고 나는 도서관에서 책을 읽다가 몇 권씩 빌려오곤 했다.

큰처사는 무척 부지런했다. 잠시도 엉덩이를 붙이고 앉아 있지 않았다. 점심을 먹고 난 짬에도 낫으로 나무를 깎아 오리나 토끼, 새를 만들어 경민에게 주었다. 청운사 입구에 있는 장승과 봉안당 정문에 서 있는 소도가 모두 그의 작품이었다. 젊었을 때는 탱화를 그렸다고 했다. 경민을 데리고 앉아 스케치북에 슥싹슥싹 흰둥이를 그리거나 날아가는 새를 그려주기도 했고 경민에게 그려보라고도 했다. 얼마 전에는 경민과 나를 위해 앉은뱅이책상도 만들어주었다. 그는 가족이 없는 고아였다. 그래서인지 다른 식구들보다 더 우리를 살갑게 대해주었다.

작은처사 부부는 아들이 둘 있었다. 미국 하버드 대학생이라는 말을 듣고 깜짝 놀랐다. 학비와 생활비를 청운재단에서 대주고 있었다. 청운재단 첫 번째 수혜자였다. 스님은 종교 행사에서 행복복지원 원생이던 처사 부부의 이야기를 들었다. 자식 둘이 천재소리를 들을 정도로 명석한데 부모가 청각장애인인 데다 재력이 없다는 것을 알고 후원하게 되었다. 작은처사는 큰처사와 함께 허드렛일을 했고 그의 부인은 공양간을 맡았다. 우리는 공양주보살님이라고 불렀다.

스님은 유명한 풍수사였다. 스님의 부모가 어릴 때 객사를 했는데 시신도 찾지 못했다. 그 후부터 풍수지리에 관심을 가지고 공부하기 시작했다. 산세가 크고 깊지는 않으나 용맥이 있고 앞과 좌, 우의 산이 혈을 감싸주는 형상이라 명당이라고 판단되어 허름하고 작은 암자를 지었다. 암자 이름이 청운사였다. 음택으로도 나쁘지 않아 나중에 여유가 되면 봉안당을 지어 자식도 없고 돈도 없는 이들이 마지막 잠드는 자리가, 흉지가 되는 것이나 피하게 해주고 싶다고 그러면 불자로서 부끄럽지는 않을 것 같다는 말을 옛 도반이었던 우리 할아버지가 찾아오면 하곤 했다.

스님을 찾는 사람들은 우리나라에서 꽤나 유명한 사람들이었다. 그들이 타고 오는 차는 고급 승용차와 외제차였고 깔끔한 정장을 차려입은 젊은 수행원들이 뒤따르기도 했다. 간혹 우아한 정장을 입은 나이가 지긋한 여자들도 찾아왔다. 스님은 그들을 따라 외출을 했다. 삼사 일, 어떤 때는 일주일이나 절을 비울 때가 있었다. 금요일에 스님이 안 계실 때면 처사 부부와 시장을 보고 행복복지원에 들렀다.

평일의 청운사는 대체로 고요했다. 어릴 때부터 경민과 나는 청운사에 자주 왔었다. 초파일에는 할아버지 차를 타고 왔다. 작은 암자 같은 청운사를 찾는 사람은 많지 않았다. 그들 사이에 끼여 경민과 나는 점심을 먹고 경내를 돌아다니며 놀았다. 엄마는 청운사에 오면 향나무 옆 약수터로 데려가 물부터 마시게 했다. 박아놓은 대롱으로 약수가 흘러 커다란 돌확으로 떨어졌다. 돌확에는 항상 물이 넘쳤고 조롱박이 놓여 있었다. 지금은 물의 양이 줄어 반밖에 차지 않았다. 조롱박도 손잡이가 달린 플라스틱 바가지로 바뀌었다. 스님은 약수터의 물을 불전 성수와 찻물로 사용했다. 겨울에는 따뜻하고 여름에는 시원했다. 마시는 물로만 써야 하는데 간혹 세수를 하는 등산객이 있었다.

경민은 흰둥이 밥 담당이었다. 흰둥이는 경민의 유일한 친구였다. 흰둥이 머리를 쓰다듬고 방긋 웃는 모습을 보고 어느 날 스님이 혼잣말처럼 말했다.

"너희 할애비가 예지豫知력이 있었어. 그래서 나를 찾아 온 게지."

할아버지는 돌아가시기 일주일을 남겨놓고 새끼 진돗개를 한 마리 가지고 왔다. 그때의 진돗개는 땅에 묻혀 뼈도 찾을 수 없고 그 자손으로 이어져 지금의 흰둥이다. 그러니까 흰둥이는 순종 진돗개는 아니었지만 진돗개의 혈통이었다. 경민이 힘없이 요사채 마루에 앉아 있거나 자신의 밥을 줄 때 머리를 쓰다듬지 않고 아는 척을 하지 않으면 컹컹 짖고 꼬리를 흔들었다. 그래도 쓰다듬어주지 않을 때는 머리를 들이밀며 애교를 부렸다. 경민이 마지못해서라도 흰둥이를 안아줘야 했다. 경민이 담 밑이나 향나무 아래에 쪼그리고 앉아 해바라기를 하고 있으면 흰둥이도 성큼성큼 꼬리를 흔들며 걸어왔다. 그러고는 엎드린 채 앞발로 경민의 발을 툭툭 건드렸다. 경민이 귀찮아 모른 척해도 절대 흰둥이가 먼저 포기한 적이 없었다. 아는 척하고 흰둥이를 안으면 얼굴을 핥고 그대로 품에 안겼다. 어쩔 때는 그 모습 그대로 둘이 잠든 적도 있었다.

새벽에 스웨터를 걸치지 않으면 재채기가 나왔다. 여느 금요일처럼 우리는 청운사를 나섰다. 새벽시장에 들러 장을 보고 식당에서 아침을 먹고 행복복지원으로 갔다. 사회복지학과 대학생들이 봉사자로 와 있었다. 대학생들이 봉사자나 실습자로 오는 건 다반사였다. 수녀님을 만나러 복도를 걷는데 누군가 내 이름을 불렀다.

"이경은! 너, 경은이 맞지?"

고등학교 삼학년 때 부반장이었다. 친하지는 않았지만 그렇다고 따로 놀지도 않았다. 물론 부모님 장례식장에도 왔었다. 처음에 나는 부반장을 알아보지 못했다. 내가 먼저 알아봤더라면 피했을 것이다. 부반장은 너무 달라져 있었다. 성격대로 호들갑스럽게 아는 척을 하며 나를 훑었다.

"어쩜, 하나도 안 변했네."

그 소리는 이 년이나 지났는데도 촌스러운 게 그대로네, 로 들렸다. 대학민국 고 삼 때의 모습을 대학에 가서는 절대 떠올리지 말자고, 뇌에서 지우자고 농담반 진담반으로 말하며 찬물에 세수를 하고 고무줄로 머리를 묶던 시간들이 떠올랐다. 얼굴이 화끈거렸다. 나는 세상에 대한 반감이 사라진 줄 알았다. 그런데 아니었다. 머리를 뒤꼭지에 질끈 묶고 고등학교 때 입었던 무릎 나온 면바지에 면티를 걸치고 운동화를 신고 있었다. 그러나 봉사를 하러 왔다는 부반장은 화장을 했고 쌍꺼풀 수술을 한 커다란 눈에 아이라인과 마스카라를 했으며 하이힐을 신었다. 투톤으로 브릿지를 넣은 머리는 어깨에서 찰랑거리고 있었다. 부반장 얼굴이 괜히 아는 척을 했다는 표정을 지우려고 억지로 웃었다. 그 전에는 훤칠한 남자를 선배라고 부르며 장난을 치고 웃고 떠들었는데…… 남자가 눈으로 나를 가리키며 누구냐고 물었다.

"응, 뭐…….."

그를 끌고 가면서 가슴 위치에서 내게 손을 흔들었다. 부반장은 틀림없이 선배라는 그 남자에게 내 이야기를 할 것이고 그 남자는 어쩐지 생긴 게 좀 우울하게 생겼다는 둥, 그런 애는 앞으로 아는 척을 하지 않는 게 예의라는 말을 할 것이다.

청운사로 돌아올 때 내 표정이 얼마나 일그러졌는지 수다쟁이 공양주보살이 한마디도 말을 걸지 않았다. 그저 혀를 차고 경민이가 내미는 스케치북과 노트를 나 대신 들여다보며 잘했다고 머리를 쓰다듬어주었다.

공양주보살을 도와 콩나물 꼬리를 떼어내고 시금치를 다듬고 무를 씻고 오이를 소금물에 씻었다. 저녁 공양을 하고 설거지를 마치고 방에 들어왔는데 명치가 따끔거렸다. 밥 한 숟가락을 콩나물국에 말아 겨우 때웠는데 탈이 난 것 같았다. 마음 같아서는 아무것도 먹고 싶지 않았다. 하지만 내가 저녁 공양을 안 하면 공양주보살이 쪼르르 스님에게 고자질을 할 것이기 때문에 억지로 몇 숟가락 뜬 게 문제였다. 경민이가 동화책을 읽어달라고 했다. 나는 혼자 읽으라고 하고 자리에 누웠다. 따끔거리던 명치가 욱신거렸다. 왼쪽으로 돌아누워도 새우처럼 몸을 구부려도 배를 바닥에 납작 대어도 소용이 없었다. 경민이가 나를 물끄러미 쳐다보았다. 그런데 아빠가 나를 쳐다보는 것 같았다.

"아냐, 아무것도. 그냥…… 저녁 먹은 게 체했나 봐."

경민이는 읽던 책을 내려놓고 등을 쳐주겠다고 했다. 진짜 이럴 때는 아빠와 똑같았다. 어쩔 수 없이 천천히 자리에서 일어나 앉으며 등을 대주었다. 조그마한 주먹으로 내 등을 톡, 치고는 밑으로 쓸어내렸다. 아빠는 우리가 과식을 해서 속이 좋지 않다고 하면 약을 먹이는 게 아니라 가슴을 펴고 앉으라고 해놓고 등을 톡, 치고는 손바닥으로 쓸어내렸다. 그렇게 반복하면 어김없이 트림이 나오고 속이 편해졌다. 왈칵, 눈물이 쏟아졌다. 경민이 모르게 손등으로 눈을 훔치고 일어났다.

"약 먹고 올게."

고무신을 끌고 적묵당으로 가는 그 사이에도 명치끝이 자꾸 쑤셔서 허리를 펼 수가 없었다. 기척을 내지 않았는데도 스님이 먼저 알고 문을 열었다. 허리를 구부린 채 배에 손을 얹고는 체한 것 같다고 했다. 스님이 문 한쪽으로 비켜 앉았다.

스님은 소화제는 주지 않고 앉은뱅이책상에서 돋보기를 꺼내 끼고 반짇고리에서 실과 바늘을 꺼냈다. 그러고는 손을 내밀었다. 나는 오른손을 그 위에 얹었다.

"얼음장처럼 손이 찬 것을 보니 단단히 체했구먼."

혀를 끌끌 차면서 따뜻하고 부드러운 양손으로 내 손을 한참이나 주물렀다. 그러고는 내 엄지에 무명실을 감았다. 스님이 바늘을 들고 말했다.

"손톱 위, 여기를 찌를 것이다."

돋보기 너머로 나를 보느라 눈을 치켜뜨고는 말했다.

"무서우면 눈 감아라."

"싫어요!"

음, 이런…… 혼잣말을 하면서 스님이 손톱 위를 바늘로 쿡 찔렀다. 등줄기로 찬바람이 휙 스쳤다. 나도 모르게 움찔했고 이마 위로 식은땀이 났다.

"아프냐?"

조금 따끔할 뿐 참지 못할 통증은 아니었다. 검붉은 피가 동그랗게 맺혔다. 스님이 휴지로 닦고 무명실을 풀었다. 왼손도 엄지손에 무명실을 감았다.

"저기…… 저, 저 기어가는 게 뭐냐?"

스님이 말하는 것을 좇아 고개를 돌렸다. 그 사이, 바늘을 찔렀다. 아까와는 다르게 통증을 느낄 사이가 없었다. 당연히 몸을 움찔하지 않았다. 왼손 엄지에도 검붉은 피가 맺혔다. 휴지로 피를 닦았다. 실을 풀고 돋보기를 벗으면서 스님이 말했다.

"로마의 어느 철학자가 이런 말을 했다. 자신의 마음을 바꾸는 것은 할 수 있는 일이며 타인의 마음을 바꾸는 것은 할 수 없는 일이다. 할 수 있는 일에 힘을 쓰는 사람은 지혜로운 사람이며 할 수 없는 일에 신경을 쓰는 사람은 어리석은 사람이라고. 경은아, 세상에 제일 바보가 이기지도 못하는 싸움을 하는 것이다."

스님은 찻잔에 뜨거운 물을 붓고 매실원액을 섞은 후 찻숟가락으로 저어 마시라고 내게 주었다. 올 봄에도 매실을 많이 사서 장아찌도 담고 효소도 만들었다. 효소는 일 년 이상 지나야 좋다며 미리 담가 놓았다. 효소에 얼음을 넣어 여름에는 음료로 마셨고 음식에도 사용했다. 스님은 매끼마다 매실장아찌를 상에 올리게 했다. 위장이 좋지 않은 우리를 위해서였다.

"대학에 가고 싶지?"

속을 들킨 것 같아 스님을 쳐다볼 수 없었다. 고개를 숙인 채 매실차만 후후 불었다.

"보살님한테 들었다."

스님이 앉은뱅이책상 서랍을 뒤적이더니 뭔가를 꺼냈다. 진녹색 표지 위에 졸업장이라고 은박으로 씌어 있었다. 눈이 커졌다. 작은 집을 나와 청운사로 온 후 학교에 가지 않았다. 고등학교를 졸업 못 한 줄 알았다. 표지를 넘겼다. 수정여고 제38회 졸업생 이경은, 이라고 분명히 씌어 있었다.

"고등학교 졸업장이 있으니 대학가는 거는 문제없겠지?"

그때 크윽, 트림이 나왔다. 스님이 빙그레 웃었다.

"이제 막힌 게 뚫린 게로구나."

다시 동남시로

첫눈이 오겠다고 했지만 햇살이 좋았다. 마지막 박스가 2.5톤 이삿짐 트럭 안으로 들어가자 철커덕 문이 닫혔다. 십일 년을 살았던 연암시를 떠나 다시 동남시로 가는 것이다. 트럭 조수석에 앉았다.

아파트를 빠져나왔다. 아파트 상가를 하나씩 천천히 벗어났다. 미용실 빨강머리 앤을 지나쳤다. 새 것이나 신선한 것보다는 늘 사용했던 익숙한 것이 나는 좋았다. 아파트로 이사 와 인연 맺은 가게는 점포정리를 하지 않는 한 꾸준히 이용했다. 마트도 그랬고 미용실도 그랬고 빵집도 그랬고 옷집도 그랬다. 빨갛게 머리를 염색한 미용실 원장이 물었다.

"어떤 손님이 빨강머리가 잘못된 단어라고 하던데 선생님 그래?"

'빨간 빛깔'을 뜻하는 명사 '빨강'이 '머리'를 꾸미는 것이므로 '빨강 머리'라고 쓸 수 있지만 띄어 써야 한다고 했다. 원장은 그럼

띄어만 쓰면 틀린 말이 아닌 거냐고 물었다. 문학소녀였다며 동화 「빨간 머리 앤」을 좋아해서 간판 이름을 그렇게 달았다고 했다.

주차선을 물고 주차한 트럭 때문에 이삿짐 트럭은 차가 빠질 때까지 기다려야 했다. 왼편으로 365일 수선집이 보였다. 나는 키도 작고 마른 편이라 옷을 사면 밑단이나 소매, 품을 손봐야 했다. 아줌마에 이어 의상학과를 졸업했다는 딸이 함께 하면서 이름을 노블리앙으로 바꿨다. 리폼을 잘했다. 단추나 리본, 주름을 넣거나 벨트를 달아서 다른 옷처럼 만들어주었다. 리폼 비용은 만만치 않았지만 자주 이용했다.

연암에서의 생활은 대체로 평온했다. 교사로 근무하면서 경제적으로 안정이 되었고, 경민은 말을 되찾게 되면서 성격이 많이 밝아졌다. 그렇다고 학교에 갈 형편은 아니었다. 칼만 보면 호흡이 불안정해졌고 내내 괜찮은 컨디션이 이유 없이 나빠지면서 우울증과 불면증을 겪었다. 대인기피증으로 며칠씩 집 안에만 처박혀 있을 때도 있었다. 내가 여학교에서 근무를 하고 있지만 그런 정신 상태로는 절대 또래 아이들 틈바구니에서 견뎌 낼 수 없었다. 긴장하면 얼굴이 벌게지고 땀을 흘리는 경민을 이해해 줄 아이가 얼마나 있을까. 정규교육도 받지 못했다. 책만 들여다보고 지루한 고전음악을 듣는 경민을 이해할 수 없는 세계에서 온 외계인쯤으로 생각할 게 빤했다. 사회라는 집단이 조금만 친해지면 남의 사생활을 궁금해 했다. 동료 교사들도 부모를 한꺼번에 잃고 정신장애가 있는 남동생과 함께 사는 여자. 처음에는 동정했다. 하지만 모든 일에서 약점일 수밖에 없었다. 웬만하면 예의에서 벗어나는 일은 하지 않았고 나 또한 그들을 경계했다. 그런 내 행동이 입방아에 올라 거만하다는 둥, 재단 끄나풀이라는 둥…… 퇴근하면 온몸이 두들겨 맞은 것처럼 아팠다. 거울을 보니 머릿속이 동전만 하게 구멍이 뚫려 있었다. 아침이면 학교 가는 일이 지옥에 가는 것 같았다. 주말이면 청운사 법당에서 백팔 배를 드렸다. 땀과 함께 눈물이 쏟아졌다. 적응하는 데 한 해가 걸렸다.

아침에 일어나 밥을 먹고 나는 학교로, 경민은 도서관으로 갔다. 경민은 두 시쯤 집에 와 늦은 점심을 먹고 시간을 보내다가 저녁 준비를 했다. 내가 퇴근하면 괜찮은 저녁밥을 먹게 해주었다. 그러나 시험기간에는 도서관에 가지 않았다. 두 시쯤 집에 오는 이유도 또래 아이들을 만나지 않기 위해서였다. 그렇게 조심조심 사는데 사고가 났다. 책에 빠져 있다가 시간을 놓쳤다. 안면이 있는 사서가 경민이 아직 안 갔네? 시계를 보았다. 네 시였다. 헐레벌떡 백팩을 메고 도서관을 나와 공원산책길을 가로질러 걸었다. 공중화장실이 있는 곳을 지나치는데 담배를 피우고 있던 고등학생 셋이 경민을 불렀다. 경민은 몰랐지만 그들은 도서관 매점이나 산책로에서 몇 번 마주쳤다. 학교에 잘 가지 않는 아이들이었다. 갈 곳이 없어 피시방을 전전하다가, 도서관 열람실에서 가방을 베개 삼아 잠을 자다가, 배가 고프면 매점을 어슬렁거렸다. 경비아저씨 때문에 도서관에서는 초등생들에게 접근을 못했지만 시민공원으로 빠지는 길에서 몇몇 아이들에게 돈을 뜯어낸 적이 있었다. 경민은 대꾸도 하지 않고 지나쳤다. 발을 걸어 넘어트렸고 일어나는 경민을 세 녀석이 구타했다. 비상금으로 가지고 다니던 만 원을 빼앗겼다. 문제는 코뼈와 팔이 부러졌다. 마침 산책을 나온 시민에게 발견되어 경찰에 신고가 들어갔다. 병원으로 이송됐다. 나는 경찰의 전화를 받고 슬리퍼도 갈아 신지 못하고 달려갔다. 병원에 일주일간 입원을 했다. 코뼈를 맞추는 수술을 했고 팔은 한 달간이나 깁스를 했다. 녀석들을 잡았다고 지구대에서 연락이 왔다. 그런데 경민은 그냥 내버려두라고 했다. 속이 부글거렸지만 말이 커지면 학교에서도 알게 될까 봐, 그냥 없었던 일로 했다. 경민은 다시 의기소침해졌고 밖에 나가는 것도 꺼렸다. 이런 애가 어떻게 학교에 적응할 수 있겠는가? 학교에 관한 얘기는 다시 하지 않았다.

주말이면 청운사에 다녀오거나 등산, 산책을 같이 다녔다. 방학에는 지리산 둘레길 걷기에 3박 4일간 함께 했다. 4박 5일 제주도도 다녀왔다. 지리산이나 설악산에 가고 싶어 동네 산악회를 따라 천왕봉에 다녀왔다. 산악회 회장과 총무가 우애 깊은 오누이라고 칭찬을 했다. 어느 학교에 다니느냐고 경민에게 물었다. 경민이 다시는 산악회 같은 것은 따라가지 않겠다고 했다. 다음에 가기로 한 설악산 대청봉은 그래서 가지 못했다.

이삿짐센터 주인이 음악을 틀었다. 그러고는 나를 보았다. 피아노 연주 음악이 작은 공간의 분위기를 바꾸어 놓았다. 나는 고개를 끄덕이며 아, 괜찮아요. 좋네요. 라고 대꾸했다.

"딸내미가 뽕짝 같은 거 듣지 말라고 해서요."

피아노 소리가 나오는가 싶더니 곧바로 바이올린 소리로 이어졌다. 바흐의 〈G선상의 아리아〉였다. 나는 창가에 머리를 기댔다. 이삿짐 트럭은 IC를 빠져나오자 막힘없이 고속도로를 질주했다. 막상 고속도로에 접어들자 햇살은 사라지고 구름이 잔뜩 껴 어둑했다. 경민이가 늘 틀어놓았던 라디오의 클래식 채널에서 자주 나오던 음악이었다. 경민이는 기차나 버스를 타고 여행을 할 때면 MP3에 음악을 다운받아 들으며 이어폰 하나를 내 귀에 꽂아주곤 했다. 나는 그 음악을 들으며 잤고 목적지에 도착했다고 깨우면 일어났다. 이사를 가는 것이 아니라 어딘가로 여행을 떠나는 기분이었다. 음악 한 곡 때문에 그런 생각이 든다는 게 신기했다. 내가 음악에 반응이라도 보이면 열심히 설명을 해주던 모습도 떠올랐다. 피아노나 기타 같은 악기를 배워보면 어떻겠느냐고 물었을 때 생각해보겠다고는 말했으나 듣는 것에 만족했다. 이어지는 곡은 아까와는 다르게 전주부터 바이올린 소리가 강렬했다.

"제목이 뭔가요?"

"사라사테의 〈지고이네르바이젠〉입니다."

아! 나는 작게 감탄사를 뱉었다. 경민이 사라사테를 악마의 연주자라고 했던 말이 떠올랐다. 남의 이삿짐을 날라주면서 클래식 음악을 듣는 주인의 취향이 조금 궁금해졌다. 나도 모르게 하는 일에 따라, 입고 있는 옷에 따라, 사람을 평가할 때가 있었다. 그럴 때마다 경민이 나를 질책했다. 사람들은 잘 알지도 못하면서 우리를 판단한다고. 나는 그런 사람을 경멸한다고 우리가 뭐 어떠냐고 당당하게 살자고 술에 취해 내가 말하면, 경민은 웃으며 누나나 그러지 말라고 쏘아붙이곤 했다. 내가 째려보면 피식 웃으며 한 발 물러나기도 했다.

"인간에게는 선과 악이 공존하고 있잖아. 이중성을 경계하라는 뜻이야."

열두 살이나 어렸지만 누나에게 모질게 충고하는 세상에 단 하나 남은 피붙이였다.

가장 견디기 힘든 것은 떠난 사람과 얽힌 추억을 정리하는 일이다. 부모님이 돌아가셨을 때도 그것을 견딜 수 없어 작은집으로 들어갔던 것이고 지금 동남시로 이사를 가는 것도 같은 맥락이었다.

명우가 청운사에 다녀간 후 나는 마음의 갈피를 잡지 못하고 허둥거려야 했다. 명우의 말 때문이었다.

"네가 미나를 만나야 해!"

"왜? 내가 그년을 만나야 해?"

나는 재판장에 가지 않았다. 아니 가고 싶지 않았다. 그래서 미나가 어떻게 생겼는지 알지 못했다.

경민이는 동남대학교에 입학하고 얼마 있지 않아 명우에게 연락

을 했다. 명우의 휴대폰 번호는 바뀌었지만 순댓국집 전화번호는
그대로였다. 명우의 연락처를 알아내는 것은 어려운 일이 아니었
다. 그런데도 경민은 나한테 명우에 대해서 한마디도 하지 않았다.
아니 내색조차 없었다.

"그년을 왜 내가 만나야 하냐고?"

나는 따지듯이 말했다.

"나는 그럴 거라고 생각했어. 궁금하지 않아?"

"뭐가? 그년이 어떤 년인지?"

명우는 한숨을 쉬고 마른세수를 했다. 그러고는 더 이상은 말하
지 않겠다는 듯, 할 말이 있으면 연락을 하라는 듯, 자신의 연락처
를 주고 갔다.

나는 일주일이나 명우의 말에 갇혀 지냈다. 공양간에서 파를 다
듬다가 나쁜 새끼! 라고 욕을 뱉었다. 공양주보살한테 등짝을 얻어
맞았다. 스님과 함께 공양을 하다가 나 보고 뭘 어쩌라는 거야? 혼
잣말을 했다. 스님은 못 들은 척했지만 종무 스님이 인상을 찌푸렸
다. 찻물을 가스 불에 올려놓고 물이 닳아 주전자를 핥는데도 녹차
가루만 만지작거리다가 공양주보살한테 또 등을 얻어맞았다.

명우에게 전화를 걸었다.

"그래, 네 말대로 미나, 신미나라는 그 미친년을 만날게."

내 목소리가 커지고 빨라졌다.

"만날 수 없어."

어이없는 명우의 대답이었다.

"만날 수 없다니?"

"아무도 만나지 않겠다고 면회 거절을 신청했어."

"그게, 그게 말이 되니? 지 년이 뭔데! 뭘 잘했다고 아무도 안 만나겠대!"

나는 휴대폰을 왼쪽에서 오른쪽으로 바꾸고 그것으로도 모자라 소리쳤다.

"내가 만나겠다는데 지가 뭔데? 네가 어떻게 해봐! 그년 교도관이잖아!"

"우리 교도소에 있다고, 내가 교도관이라고 내 마음대로 할 수 있는 일이 아냐. 그리고 미나는 여사동에 있어. 다시 말하면 여자 교도관들이 관리한다고. 남자 교도관은 갈 수 없는 곳이야. 그곳은 금남의 장소라고."

"미치겠네…… 그럼, 왜 나를 찾아 온 거니?"

다시 휴대폰의 위치를 바꾸고 쏘아 붙였다.

"너는 그때도 그랬어. 대안도 없으면서 무조건 말만 하라고 했어!"

해서는 안 될 말을 뱉고 말았다. 하지만 이미 엎지른 물이었다. 그래서 더 크게 소리를 질렀다.

"내가 언제 그년이 어느 교도소에 처박혀 있는지 궁금해댔어! 나 찾아온 이유가 뭔데? 나 열 받게 하려고? 나쁜 자식, 다시는 나한테 연락하지 마!"

전화를 끊었다. 셔츠를 들추며 바람을 일으켜도 속이 가라앉지 않았다. 끓어오르는 화를 어딘가에 발산하지 못하면 내가 화르르 타버릴 것 같았다. 어떻게 사랑한다면서 사람을 죽일 수 있냐고? 그게 인간이야! 미친년이지…… 그년을 언제는 만나라고 해놓고, 이제는 만날 수 없다고? 그런 미친년을 왜, 사형을 안 시키나? 무기 징역도 아니고 이십 년형이라니, 하! 그게 말이 돼? 향나무 옆 약수 터로 쪼르륵 달려갔다. 플라스틱 바가지를 물확 깊숙이 집어넣어 물을 펐다. 벌컥벌컥 들이켰다. 입은 얼 듯 차가웠지만 속은 가라앉 지 않았다. 그것도 짜증나는 일이었다. 바가지를 냅다 물확에다 집 어던졌다. 물이 튀면서 옷을 적셨다. 아이, 차가워! 셔츠자락을 펄 럭이다 휴대폰을 놓치고 말았다. 물확으로 풍덩 들어가 버렸다. 물 확이 커서 팔소매를 조금 올려서는 닿지도 않았다. 어깨까지 물이 푸욱 젖었다.

"아이, 씨팔……."

욕이 끊이지 않았다. 액정이 깨진 휴대폰이라 금방 물에서 건졌 는데도 살아나지 않았다. 휴대폰을 바닥에다 냅다 팽개치고 발로 지근지근 밟아버렸다.

어떻게 안 될까? 정말 미치겠어. 생각해 봐! 어떻게 사랑하는데 사람을 죽이니? 그것도 그렇게 잔인하게…… 뭔가 다른 이유가 있 을 거야. 그래서 네가 나, 찾아 온 거지? 너, 경민이 만나왔다며? 그 럼 그년도 만났어? 아니, 그래? 내가 그년을 만나봐야겠지? 내가 해코지를 하겠다는 게 아니야. 그냥 낯짝을 한번 보고 싶은 거야. 너라면 안 그렇겠냐?

나는 시도 때도 없이 전화를 걸었다. 휴대폰이 없으니 종무실 전화로. 낮에는 스님 때문에 걸 수 없었다. 잠을 잘 수 없는 밤이나 새벽에 전화를 걸었다.

"생각해 볼게."

명우가 아주 작게 말했다. 하지만 나는 똑똑히 들었다. 막상 명우가 그렇게 대답하니까 전화를 그냥 끊을 수 없었다.

"나 정말로 걔 얼굴 한번 보고 싶어. 우리 경민이가 진짜로 좋아했거든. 세상에 숨길 수 없는 것이 세 가지가 있는데, 하나는 기침이고 두 번째는 가난이고, 그리고 사랑이랬지. 우리 경민이가 혼자서 좋아하는 짝사랑이 아니었어. 내가 왜 모르겠니? 경민이가 내게 어떤 동생인데……."

다시 가슴이 막히면서 기어코 눈물이 쏟아졌다.

"그래, 알았어. 기다려 봐."

명우가 주말에 청운사로 찾아왔다. 프린트 물을 하나 내밀었다. 문화예술교육 사업이라는 안내서였다.

사업목적에는 재소자의 안정적 수용생활을 돕고 사회성, 자아성취감을 향상시킬 문화예술교육 프로그램으로써 자아성찰 및 내면의 범죄성향 교정·교화를 통해 순조로운 사회복귀를 돕기 위해 시행하는 목적이 있다고 씌어 있었다. 즉 재소자의 교화나 교정을 목적으로 문화예술교육을 실시한다는 뜻이었다. 그런데 이게 뭐? 어쨌다는 거니? 명우를 쳐다보았다.

"그러니까, 문화예술교육 사업에 네가 참여하라는 거야. 강사로."

"문화예술교육의 강사로?

나는 이해가 가지 않았다. 명우가 뒷장을 폈다. 문화예술교육이라고 지칭되는 항목을 손으로 짚었다. 음악, 미술, 국악, 무용, 문학이라고 씌어 있었다. 명우가 손가락으로 '문학'이라고 씌어 있는 글자를 톡톡 쳤다.

"문학?"

각 항목의 하위 목록으로 손가락을 옮겼다. 문학에는 독서 감상과 토론, 글쓰기. 둘로 나뉘어져 있었다. 명우는 '글쓰기'에 다시 한 번 손가락을 짚었다.

"어떤 글쓰기?"

내가 묻자 명우가 제일 뒷장을 펼쳤다. '전년도 우수 사례'라고 씌어 있었다. 문학 부분에서 글쓰기 사례를 찾아 내게 넘겨주었다. 다른 교도소에서 시행했던 〈자기 치유적 글쓰기〉라는 프로그램이 었다.

"자기 치유적 글쓰기."

명우도 내 말을 따라 했다. 그러니까 미나를 만날 수 있는 방법은 내가 문화예술교육 중, 문학 부분의 글쓰기 강사로 참여하는 것인데, 선정되면 만날 수 있는 가능성이 있다고 했다. 백 프로 만날 수 있다가 아니라 가능성을 운운하는 것은 내가 참여하고 싶다고 무조건 할 수 있는 일이 아니었기 때문이었다. 구체적으로 어떤 문학 프로그램으로 참여할 것인가, 계획을 세워 신청해야 했다. 프로그램을 제출하면 법무부에서 검토한 후 동남교도소 사회복귀과에 통보를 하고 담당자인 명우가 시행하겠다고 회신을 하면 가능한 일이었다. 나는 천천히 고개를 끄덕였다. 명우가 그제야 허리를 펴고 담배를 꺼내 불을 붙였다. 한 모금 깊게 빨고 말했다.

"원래 여사동은 참여하지 않는데, 이번에는 참여시키려고."

"신미나가 있는 곳에?"

다시 명우가 고개를 끄덕였다. 명우가 담배를 손가락에 끼운 채 안내물을 다시 한 장 넘겼다.

"강사료는 사실 얼마 되지 않아. 봉사차원의 프로그램이라고 이해하면 될 거야."

국어선생을 십이 년 했고, 문예반을 담당한 지 십 년이 넘었고, 습작품이지만 단편소설도 십여 편 넘게 썼다. 그래도 일반인이 아닌 재소자들에게 글쓰기를 가르칠 수 있을까? 그것도 자기 치유적 글쓰기를. 다시 말하면 신미나에게. 이 방법 외에는 미나를 만날 수 있는 방법, 아니 접촉할 수 있는 방법이 없다고? 그런데 한 가지 의문이 들었다. 왜, 명우는 나와 미나를 자꾸 만나게 하려는 것일까? 아니 접촉을 시키려는 것일까? 명우는 내가 미나를 만나 무언가를 알아내기를 원했다. 처음부터 그런 분위기였고 느낌이었다. 그래

98

서 물었다.

"나는 그냥 얼굴만 보고 싶었을 뿐인데. 어떤 년인지……."

명우가 담배를 신경질적으로 빨면서 내게 되물었다.

"얼굴만 봐서 뭐하게?"

명우가 막상 그렇게 말하니까 할 말이 없었다. 명우 말대로 얼굴만 볼 거였다면 재판 때 가능했었다. 몸과 마음이 지쳐 옴짝달싹할 수 없었다. 범인을 본들 죽은 경민이가 살아오는 것도 아니었고 내가 무엇을 해야 할지 알 수도 없었다. 스님도 내게 재판장에 가보자는 말을 하지 않았다. 명우가 찾아와 충동질하지 않았다면 미나를 만나보겠다는 생각은 못했을 것이다.

"네 말대로 왜 경민이를 죽였는지, 그것도 그렇게 잔인하게, 진짜로 사실을 알고 싶지 않아?"

"알고 싶어. 하지만 판사가 말했잖아."

명우는 고개를 저었다. 그것도 아주 심하게. 몇 번 피우지 않은 담배를 발밑에 짓이겼다.

"명우야! 왜 나한테 사실대로 말 안 해? 나를 미나랑 만나게 하려는 진짜 의도가 뭐야? 내가 미나에 대해 무엇을 알아야 해? 아니 경민이랑 그동안 무슨 일이 있었던 거야?"

"내 진짜 의도가 궁금해?"

휴게소 간판을 보고 이삿짐 트럭이 방향지시등을 켰다. 그때야 나는 사로잡혀 있던 생각에서 빠져나왔다. 사 차선으로 차선을 바꿨다. 우리를 뒤따르던 사다리차도 차선을 바꿨다. 평일인데 휴게소에는 차들이 빼곡했다. 화장실에 들렀다가 그들에게 줄 커피를 테이크아웃하면서 이삿짐센터 주인을 불렀다. 그는 웃으며 호두과자는 자신이 사겠다고 했다. 우리는 커피와 호두과자를 들고 휴게실 의자에 앉았다. 아침을 걸러서 맛이 좋았다.

"청운여고에 오래 계셨나 봐요?"

나는 호두과자를 먹으며 주인을 쳐다보았다.

"짐을 정리하다 보니까 청운여고 앨범이 많아서요."

커피를 마시며 네에, 라고 대답했다.

"동남시에 있는 학교로 발령 나서 가십니까?"

나는 호두과자를 다시 입에 넣고 씹으며 건성으로 고개를 끄덕였다.

"우리 딸이 박믿음입니다."

나는 그때야 이삿짐센터 주인의 마음을 알았다.

"아, 네에…… 믿음이, 아버지셨구나."

그러나 나는 박믿음이가 누군지 기억나지 않았다. 동료 교사와도 그랬지만 학생과도 친하게 지내지 못했다. 담임을 맡으면 본의 아니게 실장과 부실장, 그의 부모와 친분을 쌓아야 했지만 그러지 못했다. 사랑도 받아 본 사람이 할 줄 아는 것이다. 아이들도 내게서 그런 느낌을 받았는지 졸업하면 찾아오는 애들이 없었다. 어쩌다 안부 문자나 전화가 오긴 했어도. 수행평가가 강화되면서, 문예반을 담당하면서 그 아이들의 글을 보고 기억에 남는 아이들이 몇 있긴 했다. 하지만 그 기억 속에 믿음이라는 아이는 없었다. 게다가 요새 아이들 중에는 믿음이라는 이름은 흔했다.

"우리 믿음이가 초등 때까지 바이올린을 했어요. 그런데 돈이 엄청 들더만요. 부모라는 게 참 그렇더라고요. 자식이 하고 싶은 걸 못 해주는 게 항상 미안한데…… 애가 또 그러한 마음을 알아요. 그리고 공부도 곧잘 해요. 삼학년 이반 실장입니다. 어떻게 대학교는 갈 수 있을까요?"

아, 삼학년 이반. 수업에 들어가지 않는 반이었다. 얼핏 기억났다. 통통한 얼굴에 안경을 썼고 키가 좀 컸던 아이였던 것 같았다. 주인은 딸 자랑을 하고 싶은 것이다.

"믿음이는 착하고 똑똑하니까 아버님이 걱정하지 않으셔도 제일은 잘할 거예요."

사다리차를 타고 왔던 동료가 형님은 참 열심히 사는 사람이라고 아이가 셋인데 모두 착하고 공부도 잘한다고 했다. 그의 얼굴이 환해졌다. 부엌살림 정리를 담당하는 나이가 지긋한 여자 동료도 그렇다고 맞장구를 쳤다. 나는 건성으로 고개를 끄덕이며 흐린 하늘로 눈을 돌렸다.

#-4

작은집에서 싸온 상자를 풀어 책상 위에 정리했다. 이 년이란 시간은 결코 짧지 않았다. 내용이 가물가물했다. 현재 실력이 궁금해 모의고사 문제집부터 풀었다. 긴가민가해서 찍으면 죄다 틀렸다. 항상 일등급을 맞았던 언어영역만 그대로였다. 나는 새벽예불에 참여 했다. 입술에 물집이 생기고 결막염이 왔다. 눈이 뻑뻑해 자주 비벼댔더니 결국 사달이 났다. 스님은 일요일 점심, 천 원 비빔밥 공양에 내가 빠져도 된다고 했지만 나는 그러지 않았다.

행복복지원 수녀님이 대학생 언니를 한 명 소개시켜주었다. 행복복지원에 머무는 시간이 세 시간으로 늘었다. 일주일 단 한 번의 기회이기 때문에 꼼꼼하게 오답노트를 만들고 이해가 가지 않는 부분을 정리했다. 한 달 동안은 진도가 너무 더뎌 조바심이 났다. 그러나 오답노트를 정리하다 보면 모르는 부분이 저절로 해결되기도 했다. 조금씩 속도가 붙었다. 그럴 때의 기분은 어떻게 표현할 수가 없었다. 뭔가를 알아간다는 것, 지적 성취감과 충족감, 그게 얼마나 귀하고 감사한 일인지. 내 생에 공부가 제일 쉬웠어요. 그렇게 말하는 사람을 재수 없는 인간이라고 욕했는데, 그들이 남보다 노력했고 얼마나 집중했는지 알 것 같았다. 그러나 수리영역은 내가 아무리 안간힘을 써도 끄떡 않는 거대한 철문이었다.

경민은 나를 좇아 늦게까지 잠들지 않고 책을 보거나 그림을 그리다가 잠들었다. 베개를 머리에 괴어주고 이불을 덮어주었다. 경민은 매주 수녀님한테 칭찬을 들었다. 초콜릿이나 과자를 선물로 받았다. 그림일기장 한 권을 채웠을 때는 특별 선물로 하늘색 작은 카세트라디오를 받았다. 수녀님은 한 달 전부터 경민에게 고전음악을 삼십 분씩 들려주었다. 채널이 움직이지 못하도록 투명테이프로 고정시킨 후 전원을 켰다. 저음의 첼로 음악이 흘러나왔다. 종이 위에 물 한 방울이 번지듯 경민의 얼굴과 몸이 느리게 젖어들었다. 나는 숨소리조차 방해가 될까 봐 움츠리고 손을 모아 무릎에 얹었다. 오랫동안 이어지던 연주가 끝나자 수녀님이 전원을 껐다. 하지만 경민은 그 음악에서 빠져나오지 못했다. 수녀님이 경민의 어깨에 손을 얹었다. 경민이 손등으로 눈을 훔쳤다. 처음에는 나도 음악 감상에 참여했다. 그러나 지루해서 졸기만 했다. 꼭 보고 싶은 책이 있다는 핑계를 대고 참여하지 않았다.

글씨를 흘겨 쓰는 나와는 달리 경민은 글씨도 반듯하게 썼다. 옷을 입으면 항상 거울에 제 모습을 비춰보며 점검했다. 머리도 단정하게 빗어 넘겼다. 댓돌 위에 신발이 흐트러져 있으면 그냥 지나치지 못하고 줄을 맞춰 놓았다. 큰처사가 나들이 가는 병아리 같다고 칭찬을 했지만 경민이 흰둥이와 산책을 나가자 혀를 찼다. 경민의 그림은 사물들이 작고 배경도 어두웠다. 청운사 외에는 그리지도 않았다. 그림 속에 등장하는 사람도 나를 포함해 청운사 식구들을 빼고는 없었다. 자신은 아주 조그마했고 구석만 차지했다. 가끔 흰둥이를 그렸다. 귀가 쫑긋한 것과 꼬리가 위로 추켜 올라 온 모습이 꽤 닮아 있었다. 그런데 흰둥이 밥그릇이 텅 비어 있었다.

"왜 밥그릇이 비었어?"

경민이 수화로 말했다.

"내가 떠났으니까."

"어디로?"

"내가 흰둥이랑 늘 함께 있을 수 없어."

그림에 배경도 없었다. 동양화에 여백을 두듯 사물만 그렸다. 경민의 마음 상태라고 수녀님이 말했다. 아무리 내가 경민에게 잘한다 해도 엄마와 아빠의 자리는 채워줄 수 없었다. 나도 그랬다. 보살이 맛있는 떡볶이를 해줘도, 라면을 맛있게 끓여줘도…… 내가 엄마의 흉내를 내 스프를 먼저 넣고 물이 바글바글 끓어오를 때 면을 넣고, 면발을 들여 올려 공기와 접촉을 시키고 통통하게 면에 탄력이 생겼다 싶을 때, 파를 송송 썰어 넣고 그 위에 계란을 깨뜨려

넣어서 보기에는 엄마표와 똑같아도, 엄마의 오묘한 그 무엇은 늘 빠져 있었다. 그것을 무엇이라고 딱 꼬집어 한마디로 표현할 수는 없었다. 청양고추를 썰어 넣어 눈물이 쏟아지게 자극적으로 끓여도 그 무엇은 사라지지 않았다. 그럴 때면 뒷담을 돌아 봉안당으로 갔다. 봉안당은 민속체험박물관의 전시관과 흡사했다. 모형 기와 지붕 처마에는 색색의 연등이 매달려 있었고 출입문 위에는 '삼가 고인의 명복을 빕니다' 라는 LED 조명판 글자가 점점이 나타났다가 뒤집어 나타나기도 했다. 현관에는 연꽃과 구름이 새겨진 하얀 대리석 기둥이 버티고 있었다. 오른쪽은 가족실이었고 왼쪽은 일반실이었다. 가운데 뒤쪽으로 관리사무실이 있었다.

진달래가 피었을 때는 한가득 꺾어다 놓았다. 산나리가 피었을 때는 한 송이 꺾어 엄마와 아빠의 사진첩 앞에 놓고 한참을 앉아 있다가 오곤 했다. 경민과 동행할 때도 있었고 혼자 갈 때도 있었다. 내가 가지 않은 날에도 패랭이가 꽂혀 있었고 제비꽃이 시들어 있을 때가 있었다. 초콜릿 반쪽, 딸기 서너 알, 오렌지 반쪽, 바나나 하나가 놓여 있을 때도 많았다. 내가 아무리 잘해주어도 경민에게 부모님 몫은 채울 수 없었다.

블라인드

연암시에서 살았던 똑같은 브랜드의 아파트라 평수도 구조도 같았다. 경민의 짐은 상자에서 풀지 않았다. 작은 방에 상자째 쌓아두었다. 짐 정리는 서너 시간 만에 끝났다. 늦은 점심으로 짜장면을 시켜서 이삿짐을 나르는 식구들과 같이 먹고 그들은 돌아갔다. 주인은 세탁기 중심까지 잡아주고 손볼 게 없는지 둘러보았다.

외곽에 위치해 있어 산이 가까웠다. 팔 차선 도로가 시원하게 펼쳐져 있었다. 말 그대로 혁신도시로 개발 중인 곳이었다. 도로 이름도 혁신로였다. 메가박스와 이마트 글씨가 서로 번갈아가며 깜박였다. 관리실에 전화를 하니 가스기사가 와서 보일러와 가스레인지를 연결시켜주었다. 곧바로 인터넷기사가 도착해 텔레비전과 인터넷을 사용할 수 있게 했다. 청소기를 돌리고 걸레질을 했다. 모든 게 끝났다.

어둠이 금세 찾아왔다. 십오 층에서 바라보는 풍경이 근사했다. 연암에서는 삼 층에 살아서 이런 호사는 누리지 못했다. 커피메이커에 전원을 켜고 가루커피를 넣었다. 커피가 걸러지는 동안 숄더백에서 담배를 꺼내 불을 붙였다. 베란다에 작은 티 테이블과 의자를 마련해야겠다고 생각했다. 식탁의자를 끌고 왔다. 술은 나를 미치게 했지만 담배는 생각을 정리하게 했다. 하늘에서 한 방울씩 커다란 송이 눈이 내리기 시작했다. 눈이 온다는 일기예보가 아주 틀린 건 아니었다. 구수한 커피 향이 느껴졌다. 커피를 머그컵에 따라서 들고 다시 베란다로 왔다. 의자에 앉았다.

"왜 교도관이 됐어?"

내가 물었을 때 명우가 대답은 않고 피식 웃었다. 내가 대신 대답했다.

"그냥…… 어쩌다 보니까…… 그래?"

"나, 결혼한 지 삼 년 됐어. 아직 애는 없고. 집사람은 아파트 상가에서 피아노 교습소를 해. 교회 집사님 소개로 만났어. 엄마도 집사야. 내가 서른이 넘어가니 안달복달 하더라고. 지금도 그 자리에서 순댓국집 하고 있어. 간판만 한 번 바꿔 달았어. 그만 두라고 해도 놀면 뭐하냐고. 손가락이 관절염으로 휘었어. 만날 죽겠다고 하면서도 못 그만두네. 요새는 일요일에 쉬어. 집사람이랑 교회에 가. 집사람은 교회에서 피아노 봉사를 해. 얼굴이 예쁘지는 안 해도 착해."

하고 많은 직업 중에서 왜, 교도관이 됐느냐는 질문에 그렇게 대답했다.

"경민이한테 전화가 왔어. 그러니까 작년 오월이었어."

커피전문점에서 만났는데 한눈에 알아봤다고 했다. 그런데 그 이후로는 만나지 못했다고 했다. 아니 만나지 않았다고 정정했다. 한 번밖에 만나지 않았다니? 왜? 라고 물으려는데…… 짐작이 갔다. 명우가 첫 마디에 "나, 결혼한 지 삼 년 됐어"라는 말을 먼저 한 이유였다.

"하지만 문자는 곧잘 주고받았어."

명우가 변명하듯 서둘렀다. 우리 누나는 아직도 혼자예요. 명우에게 미간을 찌푸리는 경민이 눈에 보이는 듯했다. 내가 왜 명우와 헤어져야 했는지 경민은 모르고 있는 줄 알았다. 당시에는 모를 수도 있었다. 하지만 성인이 되면서 짐작할 수 있었을 것이다. 어쩌면 내가 명우의 아이를 지운 일까지 알고 있었을 것이다. 경민은 똑똑하기도 했지만 예민한 아이였다. 아무리 신경을 써서 생리대 뒤처리를 해도 내가 생리 중이라는 것을 알았다. 내가 화장실을 사용하기 전에 불편하지 않게 먼저 사용하는 아이였다. 또한 생리가 끝나면 휴지통이 차지 않았어도 깔끔하게 비워놓았다. 표백제를 풀어 꼭 욕실 청소를 했다. 생리통이 있어 인상을 찌푸리거나 아랫배에 손을 얹으면 경민이가 찜질팩을 데워주었다. 어쩌다 명우에 관한 말을 내가 했으면 했지, 경민이는 사소한 에피소드도 꺼내지 않았다. 나에 대한 배려라고 생각했는데…… 어쩌면 알고 있었기 때문에 내 상처를 건드리지 않으려고 했던 것이다. 부모님의 죽음에 대한 것도 끝내 말하지 않고 세상을 뜬 것도 같은 맥락이 아니었을까? 가슴이 답답했다. 명우를 내가 완전히 잊었을까? 솔직히 자신할 수 없었다. 명우도 그랬기를 바랐다. 우리 경민이도 그랬구나. 나는 손바닥으로 눈가를 꾸욱 눌렀다 뗐다.

"한 달 보름짜리 영창을 살았어."

한 달 보름짜리 영창? 무슨 말인지 이해를 못해 명우를 쳐다보았다.

"왜 교도관이 되었는지 말하는 거야."

응. 나는 고개를 끄덕였다. 명우가 담배에 불을 붙였다.

"군대에 간 이유는 죽고 싶어서였어. 솔직히 너와 그렇게 되고. 엄마가 반대하는 이유를 나는 도저히 이해할 수 없었어. 이해할 수 없는 건 너도 마찬가지였어. 실탄과 총이 지급되면 정말로 총구를 모가지에 대고 방아쇠를 당기려고 했어. 그런데 무섭더라. 엄지손가락으로 방아쇠만 당기면 되는데…… 그게 되지 않았어. 죽지도 못하는 주제에 늘 죽어버리겠다고, 죽겠다는 말을 입에 달고 살았지. 내가 그러면 엄마는 안절부절못하며 그러지 말라고 사정을 했으니까. 그렇게 강한 척 굴었지만 한순간 무너지는 그런 엄마의 모습을 보고 희열을 느끼는 나는 악마였던 거야."

나는 꽉 손을 움켜잡았다. 그러지 않으면 손이 떨렸다. 명우는 내가 자신의 어머니한테 끌려가 중절수술을 받았다는 것을 아직도 모르고 있었다. 이제는 잊은 일이라고 생각했는데…… 다시 눈앞의 사물들이 흐려졌다.

"그런데 그런 내 모습을 소대 선임이 봤던 거야. 병신 새끼라며 엄청 때리더라고. 처음에는 그 선임 말마따나 병신 같은 행동이나 하는 나를 계도하기 위해서 때리는 줄 알았어. 그런데 아니었어. 그 선임은 나한테서 나약한 자신의 모습을 봤던 거야. 탱탱 부은 얼굴로 절룩거리며 그날 밤 경계근무를 서기 위해서 갔는데 그 선임과 한 조였어. 선임이 그렇게 조를 짠 거였지. 선임이 묻더라. 정말로 죽고 싶냐고. 나는 아무 말도 못하고 차려 자세로 서서 앞만 쳐다보았어. 우리는 죽지도 못하는 병신 새끼들이라며 서로 죽여주는 게 어떠냐고 묻더라. 나는 잘못했다고 말했어. 그런데 선임이 내 총을 빼앗아 탄창을 장착하고 내밀었어. 자신의 총도 탄창을 장착한 후 나를 향해 겨누면서 셋을 쉬면 서로 방아쇠를 당기자고 말했어. 무서워 벌벌 떨었지. 선임이 죽고 싶지 않느냐고 물었어. 내가 고개를 끄덕였어. 피식 웃더라. 그럼 자신을 죽여 달라고 했어. 그래서 몸싸움이 벌어졌어. 실탄이 발사되었고 선임 허벅지에 총알이 박혔어. 그 사건으로 영창에 있는데 이대로 유폐되어도 좋겠다는 생각이 들었어. 부대로 복귀했는데 내 곁에 아무도 오지 않더라. 편했어. 누구도 건드리지 않으니까. 제대를 했어. 복학하지 않았어. 네가 보고 싶어 놀이터 그네에 앉아 너희 집을 바라보다가 오기도 했어. 멀리서 경민이와 너를 본 적도 많았어. 나 없으면 안 될 것 같았지만 내가 없어도 모두 잘 살고 있었어……."

명우가 말을 끊었다. 나는 양손을 깍지 낀 채 오른손 엄지로 왼손 엄지의 관절을 꼭 꼭 눌렀다. 그렇게 하지 않으면 명우의 말을 그대로 듣고 있을 자신이 없었다.

"집을 나왔어. 공사판에서 지내기도 하고……."

명우가 다시 말을 끊었다. 나는 손톱자국이 선명했지만 반복했다. 명우는 한참이나 말을 잇지 않았다. 왼손 엄지가 쓰라렸다. 몰캉한 복숭아에 생채기가 난 것처럼 살갗이 벌겠다.

"정말 미치게 보고 싶을 때가 있었어. 그래서 작정하고 찾아갔는데…… 어디론가 이사를 갔더라. 그러고 보니 네가 졸업을 했던 거야. 물론 너를 찾으려면 찾을 수 있었어. 그런데 그러지 않기로 했어. 방값이 싼 고시촌을 찾아다니다가 노량진까지 왔어. 서서 컵밥을 먹으며 일개미처럼 한순간 흩어지는 그들의 모습 속에서 '교정직 공무원 한 달이면 정복'이라는 현수막을 보았어. 저 일이면 내가 할 수 있을 것 같더라."

자신이 태어나기도 전에 아버지가 죽었다는 것은 아무렇지 않았다고 했다. 그런데 일곱 살 때 어머니로부터 고아원에 버려졌다는 기억은 절대 지워지지 않는다고 했다. 말 못하는 경민이 혼자 텅 빈 아파트 놀이터 그네에 앉아 있는 모습을 보았을 때 가슴이 철렁 내려앉았다고 했다. 마치 자신이 고아원 그네에 앉아 오지 않는 엄마를 기다리던 예전의 모습과 흡사했다고. 그냥 지나칠 수도 없었지만 아는 척도 할 수 없었다고 했다.

그 모습이 잊히지 않아 명우는 우리 아파트 놀이터를 자주 찾았다. 그런데 경민이 내 동생이었다. 겉만 멀쩡했지 속이 문드러져 있는 이경은의 동생. 그래서 정을 주게 되었고 우리는 사랑을 했다. 하지만 이제 와서 뭘? 나는 쓰라린 손을 찬물에 헹구듯 털어내며 말했다.

"사실 자신은 없어. 그런데 생각해 볼게."

"이 일 말고는 미나를 만날 수 있는 방법이 없어. 그리고 네가 미나를 만나야 하는 진짜 이유는……."

명우가 말을 끊고 가방에서 프린트 물을 꺼냈다.

피고는 2015. 8. 7. 21:00경 피해자의 집에서 함께 있다가 말다툼을 했다. 동남대학교 문예창작학과 학생인 피고와 피해자는 서로 친밀한 관계였고 작품의 경향이 같다는 이유로 올 학기 초부터 서로 사귀기 시작했다. 나이가 또래보다 많은 만큼 피해자는 평소 독서량이 많았고 작품의 이해도와 완성도가 높았다. 하지만 작품이 난해하여(문학적 표현으로 알레고리적 형상화) 문우들은 좋다는 평가를 하지 않았다. 피해자는 예리한 것(칼이나 가위)에 매우 민감한 반응을 보였다. 합평 때 자신의 작품에 대해 이해 못하는 문우들을 통속적인 것에 물들은 한심한 것들이라고 말했다. 그를 좋아하는 문우가 없었다. 흔히 피해자를 사이코라고 부르기도 했고 또라이라고도 불렀으며 나이 값도 못하는 정신병자라고 했다(동료 학생 이하나와 선우현의 증언, 녹취록 증 제1호와 제2호). 그런 피해자를 이해하고 감쌌던 학생은 오직 피고였다. 피고는 피해자를 위로하기 위해 그의 원룸텔에 자주 찾아갔고 연인관계였던 그들은 작품에 대한 얘기와 과제를 하며 밤을 같이 보내기도 했다. 피고는 피해자의 작품을 좋아했고 그의 문학적 소양에 감명을 받아 그와 이야기 나누는 것을 좋아했다. 그래서 피고 스스로가 피해자의 자취방에 찾아갔다. 연인관계로 발전했을 때 피해자가 비밀번호를 가르쳐주었다.

작품에 대해 이야기를 하다가 이번 작품은 별로였다고 말하자 피해자가 너무 슬퍼해서 피고는 그를 위로해주느라 술을 마시게 되었다(소주 2병, 평소 피해자는 술을 마시지 않음. 그런데 이날은 각각 1병씩 마심)(증 제2호). 피해자가 흥분해서 괴롭다고 말하며 자신을 몰라주는 세상에 살고 싶지 않다고 말했다. 빨리 등단하여 누나에게 빚을 갚아야 하는데 점점 자신이 없다며 죽고 싶다고 했다. 몹시 흥분하여 자신을 죽여 달라고 애원했다. 하지만 피고가 흥분하지 말라고 피해자를 다독였음에도 불구하고 사랑한다면 죽여 달라며 술에 취한 피해자가 일어나 싱크대 문을 열고 주방칼(총 길이 34cm, 칼날 길이 22cm)(증 제1호)을 들고 와 내밀었다. 자신이 죽으면 어쩌면 작품이 빛을 볼 수도 있을 거라며 애원했다. 예술가 중에는 사후에 빛을 본 사람이 많았다고 했다. 술을 마신 피고도 흥분해 있었기 때문에 그 말에 공감했고 자신도 죽고 싶을 때가 많았기 때문에, 특히 작품 합평을 받을 때마다 그랬기 때문에, 피해자의 칼을 받아 들었다. 그러나 망설이는 피고에게 슈베르트, 고흐, 멘델, 모딜리아니 등의 이름을 거론하며 어서 죽여달라고 했다. 피고는 피해자도 그럴 거라고 생각해 우측 심장을 1회 찔렀다. 피해자가 너무 고통스러운 표정으로 자신을 보고 있자 쥐고 있던 칼로 오른쪽 눈을 찔렀다. 그때야 자신이 저지른 행동이 사람을 죽이는 것임을 알고 119에 전화를 걸었다. 그러나 피해자는 과다 출혈로 인한 저혈량성 쇼크로 사망하였다.

나는 손이 너무 떨려 눈을 감고 심호흡을 했다. 그런데 명우가 다음 장으로 넘기고 눈앞으로 디밀었다. 명우가 냉정한 사람으로 변한 것인지 목적의식이 분명해진 것인지 알 수 없었다.

〈선고의 결정문〉

평소 연인관계였던 피해자와 술을 먹고 서로를 위로하던 중, 술김에 피해자의 가슴을 1회 찔러 그 자리에서 사망하게 한 것으로써 무엇보다도 소중한 가치인 생명을 앗아갔다는 점에서 죄질이 매우 무겁다. 그러나 자신의 우발적 범행을 자백하며 뒤늦게 피해자를 119에 신고하여 목숨을 살려보려고 했던 점과 피해자가 자신을 사랑하면 살해해 달라고 술을 먹어 제정신이 아닌 피고에게 분위기를 조장한 점과 동종의 전과 및 실형의 처벌 전력이 없는 점을 감안하여 20년 형에 처한다.

이미 알고 있는 내용인데도 가슴이 뛰고 식은땀이 났다. 명우는 뭐가 의문이 든다는 것인지, 나는 알 수 없었다. 물론 사후에 빛을 본 예술가에 대해 운운한 것을 보면 얼마나 그들이 치기어린 우발적 행동을 했는가? 그러니까 제정신이 아닌 미친년이지. 경민은 술을 마시지 못했다. 아니 안 마셨다. 하지만 술을 마시면 어떻게 변하는지 나는 알 수 없었다. 술은 인간을 미친개로 만들 수 있었다. 청운사에 있을 때 나는 이경은이라는 인간이 아니라 미친개였다. 오죽하면 내 방문을 보살이 잠가 놓고 방 안에 요강을 들여놨겠는가.

명우가 느리게 말했다.

"아무리 술을 먹었다고 해도…… 사람을 죽일 수 있는 일이…… 어떻게, 가능하니?"

다른 가설은 말하고 싶지 않다고 했다. 미나의 신체조건은 158센티미터에 45킬로그램이라고 했다. 나와 같았다. 명우가 내 손을 잡고 이리저리 돌려보았다. 경민은 171센티미터에 61킬로그램이었다.

"경민이가 건장한 체격은 아니지만…… 이 가냘픈 팔로 단 한 번에 남자의 심장을 정확히 찌를 수 있을까? 심장은 갈비뼈로 보호되어 있잖아. 그냥 찌르면 갈비뼈에 칼날이 걸리게 되어 있어."

명우는 종이를 돌돌 말아 내 손에 종이칼을 쥐어 주고 손을 감쌌다. 그러고는 제 가슴에 칼을 찌르듯 갖다 댔다. 얼결에 나는 중심을 잃고 명우에게 안겼다. 명우가 내 어깨를 살짝 밀며 말했다.

"두 번째는 경민이 눈을 찌른 것인데……."

이번에는 명우가 내 왼손을 잡고 자신의 오른쪽 눈에 갖다 댔다.

"어때? 너 같으면 내 왼쪽 눈을 찌르는 게 더 편하지 않아?"

나는 인상을 찌푸리고 종이칼을 확 집어던졌다. 무서웠다.

"모르겠어!"

"미나는 왼손잡이야."

"뭐? 그래서?"

"물론 왼손잡이라고 상대의 왼쪽 눈을 찔러야 된다는 말은 아니야."

나는 발딱 일어났다.

"야, 지금 네가 무슨 말을 하는지, 하나도 모르겠어?"

"정말…… 모르겠어?"

명우도 자리에서 일어났다.

"경민이 사고 소식은 나도 인터넷으로 먼저 봤어. 동남대학교 문창과 어쩌고 하는데도 그게 경민이라고는 차마 생각하지 못했어."

명우는 경민의 사고 소식을 듣고 잠을 잘 수 없었다. 뜬눈으로 아침을 맞고 출근을 하다가 하마터면 사람을 칠 뻔했다. 눈앞에 사람이 걸어가는 데도 분간을 못했다. 가드레일을 들이받았다.

"그런데 떠오른 게 있었어. 계속 만나지는 않았지만 경민이는 내게 문자를 보냈었거든. 그것도 장문의 문자."

휴대폰을 열고 경민이 그동안 보낸 문자를 모두 다시 읽었다. 경민의 문자는 대체로 메모장 같았다. 그래서 답장은 이모티콘으로 했다. 자신의 문장 실력으로는 답장을 할 수 없었다. 사고가 있기 이틀 전, 문자가 마음에 걸렸다.

우울한 생각들에 사로잡혀 있을 때,

책들에게 달려가는 것보다

더 나은 방법이 없었어.

그러면 나는 곧 책에 빨려 들어가고

내 마음의 먹구름도 이내 사라졌어.

소설을 쓴다는 게

얼마 전부터 두려워졌어.

블라인드를 걷으면

트라우마에 갇힌 삶에서

벗어날 수 있다고 생각했거든.

그런데 블라인드 뒤에

어린 소년과 소녀가 성장해서

다시 만날 거라는 것은 몰랐어.

형,

어떻게 해야 해?

　문장 뒤에 물음표가 있다고 자신에게 답을 묻는 것은 아니라고 생각했다. 그래서 열심히 소설 쓰라는 의미로 머리에 필승이라고 띠를 묶고 다크서클이 내려앉은 얼굴로 책을 보고 있는 이모티콘을 골라 답장을 보냈다.

-5

솔직히 나를 모르는 곳에서 더 솔직히 말하면 경민에게서 벗어나고 싶었다. 거추장스럽다고 벗어버릴 수 있는 스웨터와는 다르다는 것을 알지만 경민이만 생각하면 어깨가 무거웠다. 동남대학교 사범대 국어교육과 합격자 명단에서 내 이름을 확인한 순간부터 보살 방에 틀어놓은 텔레비전 속 연예인처럼 예쁘게 화장도 하고 싶었고 멋지게 옷도 입고 싶었으며 남자친구도 사귀고 싶었다. 선생이 되고 싶다는 생각은 한 번도 안 했었다. 그러나 지금은 절실했다. 여자가 가장 안정적인 직업으로 선택할 수 있고 임용고시에 합격하지 않아도 청운재단의 학교에서 교편을 잡을 수 있다는 스님의 조언 때문이었다.

강의가 끝나면 무조건 집으로 달려왔다. 동아리 활동 같은 것은 생각도 못했다. 숨이 턱까지 차서 초인종을 누르면 경민이 문을 열었다.

"괜찮아?"

나는 혼자 빈 집을 지키는 경민의 상태를 묻고 눈으로 확인했다. 스님이 11평 임대아파트를 얻어주었고 휴대폰도 개통해줬다. 무슨 일이 있으면 집전화로 휴대폰에 전화를 하라고 경민에게 일렀지만 경민은 한 번도 전화하지 않았다. 그래도 내 눈으로 봐야 안심이 됐다. 학교까지는 거리가 멀어 버스를 타야 했다. 그러나 집 앞 큰길만 건너면 시립에서 운영하는 공공도서관이 있었다. 학교에서 돌아오면 경민과 같이 밥을 챙겨 먹고 도서관에 갔다. 도서대여 일수가 이 주인 것은 상관없었지만 다섯 권인 것은 불편했다. 삼 일에 한 번 꼴로 가야 했다. 경민은 텔레비전에는 흥미가 없었고 라디오를 좋아했다. 하늘색 카세트라디오만 끼고 살았다. 지루하고 따분하고 알아들을 수 없는 클래식 방송에 채널을 고정시켜놓았다. 몇 개 안 되던 클래식 카세트테이프는 늘어져 들을 수 없었다. 대학로에 카세트테이프를 파는 곳이 있어 들렀다. 그런데 클래식테이프는 취급하지 않았다. 주인은 지오디와 왁스의 테이프를 권했다. 고개를 젓고 나왔다.

나는 오페라의 아리아나 교향곡 연주가 컨디션에 따라 괜찮을 때도 있지만 낯선 나라에서 길을 잃은 이방인처럼 이물스러워 소음 같을 때가 있었다. 라디오를 꺼버리고 텔레비전을 켰다. 코미디 프로에 채널을 맞추고 웃고 있으면 뒤통수가 근질거렸다. 저런 게 누나는 웃겨? 실눈을 뜨고 입매를 꽈악 다문 채 경민이 나를 보았다. 그럴 때는 아빠도 아니었고 엄마도 아니었다. 나는 헛기침하고 말했다.

"야, 안 웃기냐? 웃기잖아!"

마음 착한 누나처럼 말해 보지만 어린 동생의 지적질이 유쾌할 리 없었다. 세상일이란 그렇게 웃기지도 않고 호들갑 떨 것도 없다는, 세상을 달관한 표정을 풀지 않고 경민은 제자리로 돌아갔다. 한마디 더 쏘아붙이고 싶지만 말을 못하는 동생과 싸워봤자 나만 우습게 되기 때문에 텔레비전을 끄고 다시 라디오를 켜주었다. 그렇지만 혼자 씻는 것보다는 씻겨 주는 것을 좋아했다. 알몸으로 아무렇지 않게 걸어 다니고 베이비로션을 얼굴에 바르며 어머, 이렇게 잘 생긴 왕자님이 누굴까? 물으면 저라고 손가락질을 하고 엉덩이를 토닥이면 눈썹과 입술이 쭈욱 올라갔다. 밥보다는 라면과 떡볶이와 짜장면을 좋아하고 치킨이나 피자를 시켜먹자고 하면 최고라고 엄지를 추켜세우며 헤벌쭉 웃는…… 그럴 때면 영락없는 열 살짜리 꼬맹이였다.

경민은 혼자서 라면을 끓이고 김치볶음밥도 만들 줄 알았다. 내가 학교 수업 때문에 끼니를 함께 하지 못하면 스스로 해결했다. 하지만 칼은 사용할 수 없었다. 칼만 보면 식은땀을 흘리고 호흡 곤란을 일으켰다. 눈에 띄지 않는 곳에 숨겨 두어야 했다. 야채나 김치를 썰어야 할 때는 가위를 사용했다. 가위도 전체가 쇠로 된 것은 사용할 수 없었고 손잡이와 칼날이 플라스틱으로 싸여 있는 문구용이어야 했다. 과일은 껍질째 먹었고 부득이 깎아야 한다면 필러를 사용했다. 양파와 파, 당근, 감자 등은 작게 잘라 플라스틱 통에 담아 냉장고에 두고 썼다. 김치나 된장, 고추장은 청운사에서 보내주었지만 밑반찬은 내가 만들었다.

〈글쓰기 이론과 실제〉 수강신청을 할 때 교수 이름이 낯익었다. 엄마가 좋아했던 정수나 소설가였다. 수강신청을 끝내고 도서관에 가서 책을 대출했다. 단편집 한 권과 장편집 두 권이 있었다. 집에 와 밤새 읽었다. 엄마가 말했던 작품을 읽을 때 엄마가 떠올라 몇 번이나 헛기침을 하고 물을 마셨다. 새벽에 베란다로 나가 밤하늘을 쳐다보며 결국 울었다.

첫 수업에 대한 기대와 설렘보다는 엄마가 좋아했던 작가를 볼 수 있다는 생각으로 가슴이 뛰었다. 책 프로필에서 봤을 때보다 나이가 더 들어보였고 작품만큼 세련된 이미지도 아니었다.

"내 수업은 조별로 이루어집니다. 또한 매주 과제를 수행해야 하고 발표를 해야 해요."

한 아이가 앉은 채로 물었다.

"조별 수업이라고 하셨는데 그럼 조원은 어떻게 나눕니까?"

"조는 지금 짤 겁니다. 오늘은 오티죠. 듣고 아니다 싶으면 나가면 됩니다. 예의상 끝까지 앉아 있을 필요 없어요."

교수는 먼저 조장이 되고 싶은 사람은 손을 들라고 했다. 모두 눈치만 살피고 손을 들지 않았다.

"아, 조장을 하면 플러스 점수를 받을 수 있어요. 상대평가라는 거 알고 있죠? 내가 가아자앙 싫어하는 평가 방식임에도 어쩔 수 없기 때문에 따르고 있는데 여튼 조장에게는 에이를 주겠습니다."

그 말에 세 명이 번쩍 손을 들었다. 교수는 그들을 앞으로 나오라고 했다. 그러고는 한 조에 다섯 명이면 가장 이상적이라고 말했다. 그래서 조장이 다섯 명이 더 필요하다고 했다. 두 명이 손을 들었다. 교수는 다시 이제, 세 사람! 그 말에 네 명이 손을 들었다. 부득이 네 명은 가위 바위 보를 했고 한 명이 탈락했다. 교수는 그들도 앞으로 나오라고 한 후 일렬로 세웠다. 자기소개를 시켰다. 간략하게 자신을 소개하는 학생도 있었고 좀 장황하게 설명하며 얼굴이 벌게지더니 더듬거리는 학생도 있었다. 노래를 하겠다고 하는 학생도 있었고 정치가가 연설을 하듯 양손을 번쩍 치켜들고 열심히 하겠습니다! 외치는 학생도 있었다. 그들의 소개가 끝나자 교수가 말했다.

"자, 지금부터 마음에 드는 조장 앞으로 여러분이 찾아가는 겁니다. 다시 말하면 여러분의 조장이었으면 하는 학생에게로. 반드시 다섯 명일 필요는 없습니다."

후다닥 자리에서 학생들이 일어나 부딪치고 밀며 조장을 찾아 갔다. 서로 어깨를 밀치며 일곱 명이 선 줄도 있었고 여섯 명이 선 줄도 있었으며 세 명이 서 있는 줄도 있었고 한 명도 없는 줄도 있었다. 어쨌든 의자에 앉아 있는 학생은 나 혼자였다. 교수가 나를 쳐다보았다. 나는 마지못해 한 명도 안 서 있는 조장 앞으로 갔다. 교수는 자신의 줄에 서 있는 조원을 다섯 명만 선택하라고 했다. 인원이 안 되는 조장들은 그대로 있고 인원이 남는 조장은 키득거리며 조원을 선별했다. 조장에게 선택받지 못한 학생들은 그에게 눈을 흘기고 삐진 표정을 짓기도 했다. 그들은 다른 조장을 찾아 갔다.

그때 나만 서 있는 내 조장이 주춤하더니 손을 들었다.

"교수님, 저는 이 여학생하고만 조원을 하고 싶습니다."

교수가 나와 그 학생을 번갈아 쳐다보았다. 학생들은 우우우, 하며 야유 비슷하게 소리를 질렀다.

"그러니까, 자네는 다른 학생은 필요 없다! 오직 이 여학생이면 된다?"

"네에."

다시 학생들이 소리를 질렀다. 당황스러웠다. 나에게 집중되는 분위기 때문이었다. 이런 분위기를 만들고 싶어서 혼자 서 있는, 얼굴은 하얗고 검정 뿔테 안경을 쓰고 귀와 목덜미가 드러나게 바짝 치켜 깎은 짧은 머리에 잘 다린 면바지를 입고 목까지 셔츠의 단추를 잠근, 융통성이라고는 없어 보이는 모범생 분위기의 조장 앞으로 간 게 아니었다.

교수가 물었다.

"학생 이름이 뭐지?"

대답하고 싶지 않았지만 어쩔 수가 없었다.

"이경은입니다."

"이경은 학생, 어떤가? 이 조장의 러브콜을 받아들이겠는가?"

러브콜이라니? 키도 크지 않았고 고등학생이라면 어울릴 것 같은 애에게. 그 애는 실실 웃고 있었다. 그러나 옷소매를 팔뚝 위로 걷어 올리고 아랫입술을 내밀어 이마 위로 바람을 난리고 있었다.

"공주처럼 모시겠습니다. 과제는 모두 제가 하겠습니다아!"

교수와 학생들이 와아, 우우, 소리를 지르고 낄낄거리며 손뼉을 쳤다. 무슨 텔레비전의 프러포즈 방송도 아닌데 그랬다. 나는 얼굴이 벌게졌다. 이렇게 난감한 상황을 만든 교수와 어리바리한 남학생이 미웠다.

문화예술교육

문화예술교육 신청서를 내려면 어떤 프로그램인지 내용과 방법론을 기술해야 했다. 세부 커리큘럼은 빼도 프로그램에 대한 내용은 잘 이해할 수 있도록 제시해야 했다. 시립도서관에서 독서치료라는 이름으로 검색을 했더니 엄청난 양의 문서명이 떴다. 구체적으로 어떤 증상에는 어떤 책이 도움이 된다고 책 제목을 언급한 것부터 그림책, 외국서적 등 다양했다. 살펴보는 것만도 하루로는 어림없을 것 같았다. 문학치료로 검색어를 바꾸었다. 한국문학치료학회, 한국문학치료상담연구소, 마음문학치료연구소, 서사와 문학치료소 등 마찬가지였다. 자발적 책읽기와 창의적 글쓰기를 통한 마음의 치유, 라는 부제목이 붙은 책도 있었고 문학치료의 이론적 기초, 라는 책도 있었다. 문학치료학과도 있었고 대학원도 있었다.

나는 〈한뼘자전글쓰기〉로 프로그램명을 정했다. 소개 글을 작성

하는 데 하루가 걸렸다.

짧은 글 속에 자기 인생 이야기를 다채롭게 펼쳐낼 수 있는 글쓰기 형태로 자신을 주인공 삼아 써보는 이 방법은 자신을 들여다보는 것뿐만 아니라 나아가 당시 자신과 얽힌 주변의 사람과 상황을 이해하는 데까지도 큰 도움을 줄 수 있다. 자신과 주변의 이야기를 풀어 나가다 보면 그 과정에서 자연스럽게 자신의 삶을 객관적으로 바라보고 다면적으로 '성찰'하게 되는 것이다. 수형자들이 쓰는 자기 이야기는 어디까지나 성찰과 치유에 목적을 둔다. 그러므로 문학성에 대한 부담을 가질 필요는 없다. 자신의 이야기를 효과적으로 정리해서 전달하면 된다.

강사의 이력 부분에는 고등학교 국어교사이고 현재는 휴직 중이며 학교에서 문예반을 십 년간 운영했고 독서논술자격증이 있다고 썼다. 학교에서 국어교사들에게 독서와 논술 자격증을 취득하라고 독촉해서 문화센터에 등록해 수강했는데 이력서 한 칸을 채우는 데 이용됐다. 또한 예비 작가(소설가)라는 말도 적어 넣었고 도교육청 중등교사 대상 백일장에서 산문 부문 최우수상을 받았다는 것도 써 넣었다. 그런 이력까지 쓰면서 사실 부끄러웠다. 하지만 너무도 이 일이 내게는 간절했다. 그런 마음을 읽고 명우는 아무 말도 하지 않았다.

다행히 사업이 통과되었고 한 달 후부터 강의를 시작하게 되었다. 휴직계를 낸 상태에서 연암시에 남아 있을 필요가 없었다. 일주일에 한 번의 강의 진행을 위해, 미나를 만나기 위해, 나는 동남시로 이사를 해야 마땅하다고 판단했다.

함박눈이 펑펑 쏟아지고 있었다. 명우가 퇴근 후에 들른다고 했지만 이렇게 많은 눈이 내리면 어렵지 않을까? 빈 잔을 들고 일어나 커피메이커에서 커피를 다시 채우려다가 싱크대 칼꽂이에서 주방칼을 꺼냈다. 경민이 주방칼을 가져왔다고 했던 내용 때문이었다. 경민의 집에는 칼이 없는데…… 혹시 미나와 같이 지내면서 요리를 하느라 칼을 준비했을까? 하지만 아니다. 절대로…… 나는 고개를 저었다.

"그래, 미나를 만나야 해. 사랑한다면서 사람을 죽일 수는 없어!"

나는 누군가 앞에 있는 것처럼 말하고 고개를 끄덕였다. 시간이 지날수록 명우가 말한 가설에 솔깃해지고 있었다. 명우가 주고 간 프린트 물을 보면서 의문이 가는 부분에 형광펜으로 밑줄을 그었다.

"이 가냘픈 팔로 단 한 번에 남자의 심장을 정확히 찌를 수 있을까? 심장은 갈비뼈로 보호되어 있잖아. 그냥 찌르면 갈비뼈에 칼날이 걸리게 되어 있어."

내 손을 잡고 이리저리 살피며 명우가 말했었다. 나는 주방칼을 가지고 침대로 올라가 베개에 찔러보았다. 솜이 내 손목의 힘만큼 움푹 들어갔다가 나왔다. 두 손으로 힘을 줘 다시 찔렀다. 한 손보다는 더 깊숙이 들어갔지만 베개의 헝겊도 찢어지지 않았다. 내 가슴에 대고 지그시 눌러보았다. 셔츠와 브래지어가 있어 칼이 닿는 느낌은 있었지만 아프지 않았다. 물론 힘을 싣지 못했다. 내 속의 저항의지 때문이었다. 어쨌든 미나보다 힘이 센 사람이어야 했다. 그러니까 남자…… 나는 빨간 사인펜으로 남자라고 적어 넣었다.

'미나는 왼손잡이야.'

나는 복사지에 사람의 얼굴을 대충 그렸다. 그런데 웃는 얼굴이었다. 입을 곡선으로 그렸기 때문이었다. 곡선을 반대로 내려 그렸다. 우는 표정으로 변했다. 투명테이프로 베개에 얼굴을 붙였다. 오른손으로 눈을 찔렀다. 대각선 눈이 찌르기에 편했다. 그러니까 내가 오른손잡이니까 상대방의 오른쪽 눈을. 그렇다면…… 왼손으로 칼을 쥐었다. 그리고 찔렀다. 확실히 대각선 눈이 찌르기에 편했다. 미나는 왼손잡이, 왼쪽 눈…… 미나가 찌르지 않았다. 또 붉은 펜으로 적었다. 나는 한숨을 아주 깊게 그리고 길게 뱉었다. 그렇다면 남자, 오른손잡이…… 경민이……? 설마……? 칼을 들고 발발 떨며 자신의 오른쪽 눈을 찌르는 경민을 떠올려 보았다. 나도 모르게 손으로 입을 틀어막고 터져 나오는 신음소리를 막았다. 곧이어 자신의 심장을 찌르는 경민을 다시 떠올렸다…… 내 심장이 찢어지는 듯 숨이 막혔다. 나는 고개를 저었다. 아니야, 아니야…… 그래서 술이 필요했던 것일까? 하지만 연이어 떠오르는 연상 때문에 고개를 사정없이 흔들었다. 베란다로 후다닥 뛰어나갔다. 티 테이블에 놓인 담배를 꺼내 불을 붙였다. 손이 떨려 담뱃갑을 바닥에 떨어트렸고 라이터도 잘 켜지 못했다. 하지만 담배를 피우는 일만이 내가 지금 할 수 있는 최선의 일이라는 듯 해치웠다.

명우는 검찰 조사에서 미나가 순순히 자백했고 무엇보다 여론이 떠드는 바람에 사건이 쉽게 마무리 된 측면이 있다고 했다. 경민이 살던 삼 층에 동남일보 기자가 살고 있었다. 검찰조사보다 사건이 인터넷에 빨리 퍼진 이유였다. 또한 미나가 변호사 선임이나 접견을 거부했던 탓도 크다고 했다. 그의 부모는 제정신이 아니었을 거라며, 미나가 자백해 버리니까 부모도 자포자기한 것이라고.

시체안치실에서 나는 경민을 제대로 보지 못했다. 기절하지 않고 경찰이 내민 종이에 사인을 한 게 어떻게 가능했는지 지금도 믿을 수 없다. 입관할 때의 모습은 잠든 것 같았다. 어쩌면 이승의 삶보다 저승의 삶이 더 나을지도 모르겠다고 생각됐다. 이십사 년의 삶, 아니 부모님이 돌아가신 후부터니까 십칠 년의 삶이 얼마나 고되고 힘들었을까. 그 누구에게도 부모의 사고를 말 못하고 살았던 삶…… 부모님 곁으로 가니 행복할 거라고…… 오래 예견된 일인 것처럼 그렇게 생각되기도 했다. 다음 날 스님의 도움으로 경민의 장례를 치렀다. 물론 장례를 치르기 전까지 내 마음이 그랬다는 것이다. 경민의 몸이 화덕으로 들어가자 걷잡을 수 없이 풍랑이 일었다. 풍랑이라는 단어가 적절치 않지만 그 외에 대처할 단어가 생각나지 않는다.

술을 한잔 마시고 싶었다. 맨정신으로 있기가 그랬다. 마트에 다녀오기 위해 코트를 걸치고 현관문을 나섰다. 명우가 커다란 두루마리 화장지를 들고 엘리베이터에서 내렸다.

"어디 가?"

나는 명우의 말에 대꾸를 않고 두루마리 화장지를 거실에 던져 놓으라고 했다. 서둘러 명우의 팔을 붙잡고 아파트 뒤쪽 포장마차가 늘어 서 있는 불빛을 향해 걸었다. 명우는 이삿짐 정리는 다 했느냐고 물었다. 나는 그렇다고 했다. 자신이 손봐줄 곳은 없느냐고 물었다. 나는 없다고 말했다. 그냥 오늘은 집들이 기념으로 술이나 마시자고 했다.

"와, 이런 곳이 있구나. 자주 애용해야겠다."

우동과 오징어볶음을 시키고 홍합탕도 시켰다. 안주가 나오기 전이었지만 우리는 소주를 따르고 건배를 했다. 나는 잔을 비웠다. 명우는 배가 너무 고프다며 우동 그릇을 제 앞으로 끌어 당겼다.

"너, 나랑 있어도 괜찮아?"

"질문이 좀 그렇다. 늦게 들어가도 괜찮느냐는 거지?"

나는 소주잔을 다시 비우고 홍합을 까먹었다.

"집사람이 좀 바빠. 수능 실기 기간이잖아. 자정이나 돼야 끝나."

"그럼 자정 전에만 들어가면 되는 거네?"

명우가 웃었다. 우리는 또 건배를 했지만 명우는 잔을 비우지 않았다. 그러고는 내 잔을 채워주었다. 아이가 왜 없는지 물으려다 그만두었다.

"아줌마는? 따로 사는 거야?"

"요새 자식이랑 같이 사는 부모가 어딨어. 그런데 만날 성화지. 집사람이 많이 힘들어 해."

"왜?"

"유산이 자꾸 돼서…… 벌써 세 번째네."

아, 이런…… 나는 작게 탄식을 했다. 명우가 잔을 비웠다.

"학원 일이 너무 힘든 거 아냐? 네 와이프가 벌어야 되는 거니?"

"아니야. 무언가 집중하고 싶은 일이 필요한가 봐. 전에는 보조교사를 두고 쉬엄쉬엄 했어."

"너희 젊잖아. 와이프는 더 어릴 거 아냐?"

"이제 서른."

"하, 좋을 때다!"

나는 소주를 입에 털어 넣었다. 명우가 피식 웃고는 두 번째 잔을 비웠다.

"너 술 못 마시잖아."

"남자가 사회생활하다 보면 이 정도는 마시지."

"네 와이프는 술 못하지?"

명우가 빙그레 웃으며 고개를 끄덕였다.

"엄마보다 서양남자를 더 좋아해."

아! 나는 추임새를 넣고 머리를 끄덕이며 웃었다. 명우가 예수를 서양남자라고 불렀기 때문이었다.

"너, 다음으로 좋아하겠지. 내가 불심으로 보니까 질투하는 거 같다!"

"여자들은 원래 서양남자를 좋아하잖아."

"나는 동양남자 좋아해. 머리가 빠글빠글한 인도남자! 그리고 남자들은 뭐, 서양여자 안 좋아하냐?"

나는 샴푸를 하듯 양 손으로 머리를 긁적였다. 명우가 웃었다.

"아니야, 남자들은 동양여자를 좋아해. 물론 취향이라 다 다르겠지만."

"그래? 왜 여자들은 서양남자를 좋아하는 건데?"

"글쎄……."

"크잖아!"

"뭐가?"

"그거……"

명우가 약간 시간차를 두었다가 피식 웃었다. 잔을 비웠다. 홍합을 집어 먹었다.

"여자들도 포르노 보는구나."

"아니, 난 한 번도 안 봤는데."

"그럼, 어떻게 알아? 그게 큰지."

"뭐가? 키가 크잖아. 손도 크고 발도 크고 눈도 크고. 나처럼 작은 여자는 키 큰 남자 좋아해!"

"야, 이제 보니 이경은이 소설 쓴다더니 순수하지 않구나."

"나, 아직 순수해!"

우리는 깔깔거렸다. 이제 이런 이야기를 해도 웃을 수 있었다. 명우가 패딩 점퍼에서 담배를 꺼냈다. 내가 손을 내밀었다. 불을 붙여 건네주고 저도 담배에 불을 붙였다. 한 모금 깊게 빨더니 말했다.

"엄마한테 얼마 전에야 들었어. 나 정말 몰랐어. 왜 얘기 안 했어?"

"뭐?"

나도 한 모금 깊게 빨고 뱉으며 물었다. 아무래도 이따가 집에 들어가기 전에 편의점에 들러 담배를 한 보루 사다 놓아야겠다. 잊지 말아야 할 텐데. 담배를 피우는 횟수가 점점 늘고 있었다. 이곳 베란다는 담배를 피우며 바깥 경치를 보면 꽤 근사할 것 같았다. 하지만 어디까지나 입주가 다 되기 전까지였다. 아파트는 공동주택이므로 베란다나 복도에서 흡연을 삼가라는 안내문이 게시판에 붙어 있었고 방송도 나왔다. 나는 딴 생각에 빠져 있었다.

"집사람 병원 다녀오는 길이었어……"

병원에서 습관성 유산이 되면 곤란하다며 조심하라고 해서 거의 누워있다시피 했는데도 유산이 됐다. 수술을 마치고 입원실로 옮겨 잠든 아내를 보고 집으로 돌아오는데, 엄마가 한숨을 푸욱 쉬며 밑도 끝도 없는 말을 했다.

"이게 다, 죄 받는 것이지…… 나 때문이다. 내가 죄를 지어서 그렇다!"

늘 하는 하소연이라 생각하고 흘러들었다. 그런데 손수건을 꺼내 눈물까지 훔쳤다.

"왜 또 그래요. 마음 심란하게."

지금도 엄마에게는 친절한 아들이 아니었다.

"경은이, 그 경은이, 말이다. 잘 살고 있겠지?"

명우는 깜짝 놀랐다. 일주일 전에도 나를 만났고 내가 동남시로 이사를 올 상황이었다.

"경, 경은이라니? 뭐, 경은이?"

"왜? 너랑 사귀다가 헤어진 애 있잖아. 말 못하는 남동생 데리고 살았던. 우리 식당서 알바했던 애 있었잖아. 다 잊어버렸냐? 사내 놈들이란 그래서 죄다 도둑놈이라니까."

"아…… 뭐……."

"혹시, 그 애를 찾을 수 있을까? 내가 그 애한테 용서를 빌 일이 있는데……."

명우는 운전을 하면서도 얼굴을 돌려 엄마를 빤히 쳐다보았다.

"그러니까 그때 갸가 니 아를 임신했었다. 지도 모르고 있드만. 내 척 보니 입덧을 하던데. 그래서 병원 끌고 가서 긁어버리고 너랑 헤어지라고 내가 모질게 했다. 그 애를 생각하면 가슴 한쪽이 아프지만 그때는 어쩔 수가 없었다."

명우는 핸들을 틀고 브레이크를 밟았다. 엄마의 몸이 크게 앞으로 쏠렸다가 제자리를 찾았다.

"아이구! 니 운전을 왜, 이리하냐?"

"지금, 뭐라고 했어? 임신? 경은이가 그때 내 아이를 임신했었다고?"

"다 지난 일이다! 그래도 그년 입 하나는 무거웠네. 끝까지 말 안하고 모질게 너를 끊어낸 거 보니까. 그 정도면 어디 가서도 잘 살 것이다."

"아줌마 말이 맞아. 나 잘 살고 있잖아."

나는 담배를 발밑으로 짓이기며 말했다. 명우는 대꾸 없이 잔을 비웠다. 나는 코를 끙끙 댔다. 이제 명우한테서 베이비로션 냄새는 나지 않았다. 혼자 피식 웃고 명우의 빈 잔에 술을 따라주었다.

#-6

"야, 처음 약속과 다르잖아!"

명우는 머리를 긁적이고 한 번만 봐 달라며 웃었다. 과제 때문에 집까지 찾아올 줄 몰랐다. 호기롭게 자신이 모든 과제를 도맡아 하겠다고 공식적으로 말했기 때문에 과제를 혼자 했고 발표도 혼자 했다. 명우의 글은 특별할 게 없었다. 셋째 주부터 나를 붙잡고 다른 과제 때문에 그런다는 둥 집에 일이 있다는 둥, 핑계를 댔다. 그깟 노트 한 장 반의 글쓰기는 어렵지 않았다. 하지만 글이라는 게 쓰는 사람의 마음과 상황들이 드러나게 마련이었다. 나는 아직 남에게 보이고 싶지 않았다. 친구가 없어서 외롭긴 했다. 하지만 누군가와 가까이 하기가 두려웠다. 집이 어디니? 기숙사에 있니? 아니면 자취해? 고향은? 그러다가 조금만 더 친해지면 아빠는 뭐하시니? 엄마는 요리 잘해?

명우 혼자 학기 과제를 다 수행할 수는 없다고 생각했다. 하지만 나는 최대한 그 시기를 미루고 싶었다.

수업이 끝나면 다음 글쓰기 주제가 주어졌다. 따라서 조별 모임을 갖는 게 당연했다. 과제 발표를 하면 학생들이 간단하게 소감을 발표했고 교수가 마무리 평을 했다. 명우는 벌게진 얼굴로 나를 보며 웃었다. 가지런한 잇몸이 깔끔해 보였고 오티 때는 몰랐지만 검은 뿔테 안경 속으로 쌍꺼풀진 눈이 크고 맑았다. 그 뿔테안경만 벗어도 고등학생 같은 이미지에서 벗어날 것 같았다. 누나나 여동생이 있을 것 같지 않았고 엄마가 깔끔하긴 한데 감각은 없는, 그런 집의 외아들일 것 같았다. 명우를 보고 왜 그렇게 많은 생각을 하는지 나 자신도 알 수 없었다.

학기 초부터 동아리나 과의 어떤 모임에도 참여를 안 해, 학우들에게 왕따를 당하는 느낌이었다. 학교생활은 재미 없었다. 그럼에도 대학생이라는 것이 좋았다. 지각 한 번 하지 않았고 제일 앞자리에 앉아 수업에만 집중했다. 과제 수행도 철저히 했다. 그러다가 공강 때면 도서관에서 시간을 보냈다. 점심은 매점 김밥으로 해결했다. 흰색 건물의 의과대학을 지나오다가 멈춰 섰다. 저곳에는 유명한 박사가 있겠지? 그런 명의에게 경민이 치료를 받게 하면 어떨까? 경민이만 생각하면 한여름에 코르셋을 입은 것처럼 답답했다. 강의가 끝나 버스를 타고 집에 들어갈 시간이 되면 어딘가 해찰을 할 게 없을까 두리번거렸다. 하지만 길들여진 개처럼 버스 정류장으로 향했고 102번 버스가 오면 부리나케 올라탔다. 집에 도착해 경민이를 보며 도대체 언제쯤 너는 세상 밖으로 나갈 수 있니? 혼 잣말을 하며 현관에서 운동화를 거칠게 비벼 벗었다.

명우는 둘뿐이어도 조별 모임을 해야 하고 뒤풀이도 가야 한다고 했다. 나는 대꾸도 안 하고 백팩을 메고 버스정류장으로 걸었다. 명우가 헐레벌떡 뛰어와 내 팔목을 신경질적으로 잡아챘다.

"이경은! 잠깐만! 내가 너한테…… 뭐, 실수한 거라도 있어? 아니면……."

벌겋게 상기된 얼굴로 말하다가 의식적으로 잠깐씩 말을 끊었다. 나는 그때야 아차 싶었다.

"미안해! 바빠서. 아니 집에 일이 있어서. 그냥 온 건데……."

나도 끝말을 잇지 못했다. 명우가 안경을 추켜올리고 허공을 보며 한숨을 쉬었다. 흥분을 가라앉히고 있었다. 잠시 후 또박또박 느리게 평소의 말투로 말했다.

"나는, 네가…… 나를 무시하는 줄 알았어."

나는 손사래를 치며 아니라고 호들갑을 떨었다. 정말로 속을 보일 수만 있다면 까뒤집어 보여주고 싶었다. 명우의 벌겋게 달아올랐던 얼굴도 조금씩 가라앉으며 예전의 흰 얼굴로 돌아왔다. 그런데 102번 버스가 정류장으로 들어오고 있었다. 나는 뒷머리를 만지고 손가락으로 102번 버스를 가리키며 말했다.

"나, 이 버스 타야 하는데……."

명우가 고개를 끄덕였다. 나는 버스에 올랐다. 그런데 명우가 뒤따라 탔다. 뒤를 돌아보며 주춤주춤 물러나 뒷좌석까지 왔다. 어쩔 수 없이 앉았다. 명우가 옆자리에 몸을 부렸다. 무슨 말이든 내가 먼저 말을 해야 했지만 할 말이 없었다. 명우가 먼저 말을 걸어주면 좋을 것 같았다. 그런데 아무 말도 하지 않았다. 대학병원을 지나고 CGV 앞을 지나고 대형할인점을 지나고 시청을 지나고…… 약촌 오거리만 지나면 갈음동 행복아파트 앞이었다. 설마 집까지 따라올 생각인가? 나는 땀이 나는 손바닥을 바지에 문질렀다. 그런데 명우가 자리에서 일어났다.

"다음에 보자."

"어? 응, 그래."

나는 고개가 꺾이도록 명우가 어디로 걸어가는지 보았다. 행복아파트와는 반대편 신호대기 앞에 섰다. 이편한아파트라고 쓰인 거대한 글자와 기하학 모양의 지붕이 왼쪽으로 점점이 멀어졌다. 그때, 명우가 머물렀던 자리에서 베이비로션 냄새가 났다. 가슴이 뛰고 얼굴이 화끈거렸다. 한 정거장 더 가 옥림동 전자랜드 사거리에서 내렸다. 집까지 오는데도 뛰는 가슴이 진정되지 않았다.

경민과 시립도서관에서 집으로 오다가 길거리 분식집에서 떡꼬치를 두 개 샀다. 쫄깃한 떡에 달짝지근하고 매콤한 고추장 양념 맛 때문에 경민과 내가 좋아하는 군것질이었다. 하나씩 빼 먹으며 집으로 왔다. 아파트 놀이터를 지나치는데 어디선가 내 이름을 불렀다. 경민이와 동시에 소리 나는 놀이터를 보았다. 명우가 그네에서 일어났다.

"야, 너! 어떻게 여기까지 왔어?"

내가 큰 소리로 물었다.

"전에도 여기서 봤는데 긴가민가했어. 얼마 전까지 우리도 여기 살았어."

명우는 왼쪽 이편한아파트를 가리키며 저쪽에 산다고 했다. 나는 아직 떡이 하나 남아 있었지만 슬며시 발밑으로 버리고 손등으로 재빨리 입술을 닦았다. 내 옆에서 챙모자를 쓰고 입술에 고추장 양념을 묻힌 채 입을 오물거리고 있는 경민에게 명우가 말했다.

"경은이 동생이었구나. 어제는 그네 타러 안 나왔지? 한참 기다렸는데. 그러고 보니까 눈이 닮았네."

나는 경민의 손을 잡고 명우를 지나쳐 엘리베이터를 타기 위해 걸었다. 명우가 따라왔다. 엘리베이터를 타기 전에 명우를 쏘아보며 물었다.

"왜?"

"과제 때문에."

이번 주 과제는 '자신을 묘사하기'였다. 교수는 산문을 잘 쓰면 어떤 글도 쉽게 쓸 수 있다고 했다. 문장구조나 문법 위주의 수업이 아니라 학생들이 써 온 글을 첨삭해주었고 맥락을 잡아주었다. 좋았다. 그런데 주제가 마음에 들지 않았다. 좀 근사한 주제가 주어졌을 때 발표하고 싶었다. 교수는 물론 다른 애들도, 특히 명우도 와! 대단하다고 하는 말을 듣고 싶었다. 자신을 묘사하는 것은 빤하지 않은가. 머리모양이 어떻고 키가 어떻고 눈이 어떻고 체격이 어떻고…….

명우가 우리를 따라 엘리베이터에서 내렸고 복도를 따라 왔으며 집 안까지 들어왔다. 마치 제 집인 듯 식탁 위에 백팩을 내려놓고 의자를 꺼내 앉았다. 웃기는 게 셔츠 앞섶을 들추며 부채질을 하는 명우에게 경민이 냉장고에서 우유를 꺼내 컵에 따라주었다. 그러고는 저도 한 잔 마셨다. 물론 나는 우유를 마시지 않았다. 마시면 설사를 했다. 아무리 그렇더라도 나만 빼놓고…… 경민을 쳐다보았다. 정말로, 내가 없을 때 둘이 만난 거니? 눈으로 물었지만 경민이 입꼬리를 살짝 올렸다가 내릴 뿐이었다. 만났다는 건지 아니라는 건지 알 수 없었다. 경민은 제 책상에 앉아 도서관에서 가져온 책을 펼쳤다. 자신의 세계로 들어가 버렸다. 우리 집은 방 하나에 거실 겸 부엌이었다. 미닫이문을 열면 방이었다. 날이 더워 창문도 활짝 열어놓았다. 그러니까 경민은 방으로 들어가 나란히 있는 두 개의 책상 중, 제 책상 앞에 앉았고 명우와 나는 거실 겸 부엌으로 사용하는 식탁을 사이에 두고 나는 어정쩡하게 서 있고 명우는 제 집인 듯 의자에 앉았다. 얼굴이 또 홧홧거렸다. 나는 얼른 명우에게 숙제를 하겠다고 했다. 명우가 백팩을 집어 들었다. 현관을 나가면서 다음에 또 보자! 분명 내게 한 인사는 아니었다. 경민이 고개를 돌렸다. 아까처럼 입꼬리를 살짝 올렸다가 내렸다. 다시 책으로 눈을 고정했다.

저녁을 먹고 책상 앞에 앉았다. 하지만 생각했던 만큼 써지지 않았다. 내 모든 것을 드러내면 그까짓 거 일도 아니었다. 내 자신을 감춘 채 써야 했다. 다른 학생들처럼 쓰고 싶지 않았다. 한때는 작가를 꿈꿨다. 부모가 국문학과 출신으로 아빠는 시인을, 엄마는 소설가가 되어보겠다던 집의 딸이었다. 중학교 때까지는 백일장에서 장원 입상도 했다. 어디까지나 중학교 때 얘기였지만. 볼펜을 입에 물고 자리에서 일어나 왔다 갔다 했다. 냉장고를 열고 물을 한 잔 따라 마셨다. 다시 앉았다가 일어나 서성거렸다. 다시 냉장고를 열었다가 닫았다. 자리로 돌아와 앉았다. 벌떡 일어나 거실까지 다시 길을 냈다. 경민이 책으로 책상을 탁 치며 째려보았다. 내가 생각해도 웃겼다. 무슨 대단한 글을 쓰는 작가라도 되는 것처럼…… 노트를 들고 식탁으로 자리를 옮겼다.

머리가 절반을 차지했어요.

물고기 모양을 하고 있었지요.

물이 차올랐어요. 꼬물꼬물 수영을 했어요.

콩닥콩닥 심장이 뛰기 시작했어요.

그 심장 소리에 맞춰 머리와 몸, 팔, 다리가 생겨났어요.

머릿속에 뇌가 생겼고 심장, 위, 간 등도 생겼어요. 마술사가 마법을 부리듯이요.

석 달이 되었을 때 찔끔 실수를 했어요. 얼른 주위를 살펴보았어요. 아무것도 보이지 않았어요. 그래서 안심했어요.

동그란 얼굴에 눈, 코, 입이 나타나기 시작했어요.

하품을 했어요.

귀를 쫑긋 세우고 있어요.

인상을 찌푸리네요. 기분이 안 좋은지 투정을 부려요.

운동을 해요. 그래야 근육이 생기고 뼈도 발달하니까요.

속눈썹이 파르르 떠네요.

힘을 써요. 응가를 했어요.

머리카락이 꽤 자랐어요.

엄마와 대화를 해요.

야단을 맞았나요? 인상을 찡그리네요. 아, 밝은 곳이라 눈이 부셨군요. 어둠과 빛도 구분하는군요.

아이, 깜짝이야! 놀랐어요.

그래요, 잘 먹어요. 몸이 동글동글해지고 키도 컸어요.

쪼글쪼글하던 잔주름도 없어졌어요.

280일 동안 좁은 곳에 있느라 고생했어요.

이제, 세상 밖으로 나가 봐요.

그곳에 사랑이 있으니까.

내가 발표를 마쳤을 때 아이들 표정이 뭔 소리야? 동화야? 280일? 다양했다. 나는 교수의 반응이 궁금했다.

"경은이는 소설을 쓰면 잘 쓰겠네."

그러고는 끝이었다. 명우가 엄지를 치켜세우고 최고라고 했다. 나는 책상 밑에서 발표한 종이를 푸욱 찢었다. 명우가 눈을 크게 떴다. 명우를 째려보며 어금니를 물었다. 그러지 않으면 눈물이 날 것 같았다. 명우가 노트에 뭐라고 후다닥 끼적이고는 내밀었다.

네가 최고였어!

아무도 뱃속에 있는 자신을 묘사한 학생은 없었어.

교수님이 그랬잖아. 남도 쓸 수 있는 글은 쓰지 말라고.

창의성 A+

명우가 오는 것을 경민이 싫어하지 않았다. 아니 기다렸다. 명우는 같이 라면을 끓여 먹고 나 대신 도서관에도 함께 갔다. 그래서 글쓰기 과제는 내가 도맡았다. 교수는 내게 잘 썼다는, 소설을 써보라는, 따위의 말은 더 이상 하지 않았다. 학생들은 점점 내 글에 관심이 없었다. 하지만 상관없었다. 명우가 작가의 의도를 파악하고 늘 칭찬을 해줬다.

명우는 경민에 대해, 우리 오누이는 부모도 없이 왜 이렇게 살고 있는가에 대해, 한 번도 묻지 않았다. 그냥 그대로 눈에 보이는 이경은과 이경민을 의심하지 않았다. 열 살인데 경민은 왜 학교에 다니지 않는지, 듣기는 하는데 왜 말을 못하는지, 그리고 내 나이가 몇인지, 학비와 생활비는 누가 대주는지…… 모든 것을 알고 있는 듯, 아니 자신과는 상관없는 일이라는 듯, 알고 싶지 않다는 듯, 질문하지 않았다. 한편으로는 그런 사람이 있다면 얼마나 좋을까? 세상에 그런 사람은 없어! 그런데 그런 사람이 있었다. 사람이란 서로에게 관심을 갖게 되면 그의 사적인 것들이 궁금해지기 마련이었다. 스님이 말했다. 나와 경민이 사회생활을 하게 되면 겪어야 하는 것이 '관계망 짓기'라고. 그것은 역으로 거미줄처럼 얽혀 있는 실타래를 하나씩 풀어가는 과정인데 실타래가 잘 풀리면 좋겠지만 그렇지 못할 때가 많을 거라고. 그럴 때, 그것이 우리에게는 부모가 안 계신다는 현실이고 말을 못하는 것뿐만 아니라 학교에 다니지 못하는 경민이라고. 너무 속이 상해 잘 풀어놓은 실타래마저 끊어버리고 숨고 싶어지는 상황이 올 수도 있다고. 스님이 그렇게 말하지 않아도 나는 알고 있었다. 그래서 움츠리고 관계를 맺지 않으려고 노력했다. 뜻대로 되지 않았다. 화장을 하고 싶었고 치마도 입고 싶었으며 아이들과 술도 마시고 싶었고 엠티와 동아리 활동도 하고 싶었다. 아니 그러한 것들은 참아낼 수 있었다. 그런데 베이비로션 냄새가 나는 명우 앞에서는 잘 되지 않았다. 우리 부모에 대해, 경민에 대해, 내 나이에 대해서도 묻지 않고 경은아, 로 불러주는 명우 앞에서는 실타래 따위는 생각하고 싶지 않았다. 명우가 먼저 그 관계망을 자르지 않겠다면 실타래가 어떻게 되든 상관없었다. 명우가 밤 열두 시가 되어도 집에 가지 않으면 왜 안 가느냐고 묻지 않았고, 우리 집에 자꾸 오느냐고도 묻지 않았으며, 소변을 봤으면 변기에 묻히지 말라고도 안 했고, 내 베개니까 베지 말라고도 안 했고, 수건을 썼으면 걸어놓지 말고 세탁바구니에 넣으라는 잔소리도 하지 않았다. 만화책을 산더미처럼 쌓아놓고 경민과 붙어서 키득거렸고 출출하다며 라면을 끓여 먹었고 떡볶이나 과자를 사다가 먹었다. 지루한 클래식 채널에 라디오를 고정해놓고 책을 읽던 경민이 만화에 빠졌다. 비행기나 배의 프라모델을 조립하느라 날을 샜다. 명우가 경민의 곁에 있어준다면, 어쩌면 경민이 세상 밖으로 나갈 수 있지 않을까?

치유적 글쓰기

나 역시 책을 읽고 글을 끼적이다가 되지도 않는 소설습작까지 하게 된 것은 분명 책을 읽는 일이, 글을 쓰는 일이, 치유적 성격을 가지고 있었기 때문이다. 경민이 또한 사회와는 단절된 삶을 살았음에도 이십사 년을 살 수 있었던 것은, 뒤늦게 사회에 편입할 수 있었던 것은, 책 덕분이었으리라. 물론 사회로의 편입이 실패로 돌아갔지만. 경민의 일기장 그러니까 그게 정확히 일기장이라고 하기는 그렇지만 노트북에 저장된 한글파일이 아닌 손 글씨로 쓴 노트가 자그마치 백이십사 권이었다. 그런데 지난 일 년 동안의 노트가 없었고 노트북의 습작품도 모두 삭제되어 있었다. 경민이 어떤 작품을 썼는지 어떤 생각을 하고 있었는지의 기록이 사라진 것이다. 의도적으로 없앴다는 생각이 들었다. 나는 명우의 가설이 소름 끼치도록 들어맞는 것이 혼란스러웠다. 가장 최근에 남아 있는 것은 명우에게 보낸 장문의 문자뿐이었다. 경민이 의도적으로 없앴다면…… 무엇 때문일까? 입술이 바짝 마르기 시작했다.

부모님의 사고가 있었을 때 일곱 살의 경민은 글을 읽지 못했다. 겨우 자신의 이름이나 간단한 단어만 읽는 수준이었다. 부모님은 경민의 학습에 대해 관대가 아니라 방관했다. 그렇다고 내게 기대를 했다는 뜻은 아니다. 공부방을 했기 때문에 자연스럽게 책을 읽는 분위기에서 성장했다. 경민이 태어나고 일곱 살 때 아빠가 지방 신문사 기자직을 그만두고 친구와 레스토랑 운영을 함께 하면서 엄마의 공부방도 정리를 했다. 아빠의 일이 고전을 면치 못하면서 인건비라도 아끼려고 엄마가 뛰어들었다. 경민을 학습시킬 환경이 아니었다. 경민은 여느 아이처럼 엄마가 출근하면서 어린이집에 맡겨졌고 저녁 일곱 시나 여덟 시쯤, 늦을 때는 아홉 시가 돼서야 집으로 데려 왔다. 체력이 좋은 편이 아니라서 엄마는 늘 피곤해했다. 경민은 또래의 남자아이들이 그렇듯 부산스럽게 집 안을 돌아다니며 자동차나 블록을 가지고 놀았다. 날이 따뜻해지자 어디서 물총을 하나 얻었는지 여기저기 쏘아대다가 혼이 났다. 얌전하게 앉아 그림책을 읽거나 그림을 그리는 모습은 볼 수 없었다. 잠자기 전 책을 몇 권 가지고 와 읽어달라고 했다. 그것은 습관이었다. 하지만 엄마는 그 일도 내게 미뤘다. 나 또한 어린 동생이 귀찮아 대충 읽거나 이야기를 만들어 들려주었다. 맥락 없이 과도하게 매애우우, 가아아장, 등의 부사어를 시도 때도 없이 넣어 이야기를 늘어

트리다가 콱! 갑자기! 죽어버렸다거나 사라져버렸다거나 행복하게 잘 먹고 잘 살았대, 라고 결말을 맺곤 했다. 그러면 인상을 쓰고 벌떡 일어났다.

"누나, 아니야! 내가 해줄게!"

어린이집에서 이야기 할머니한테서 들은 내용이라며 율동을 넣어 제 나름대로 각색해 들려주었다. 그럴 때 너무 귀엽고 예뻐, 피곤하다며 일찍 잠든 엄마를 깨워 들어보라고 한 적도 있었다. 나처럼 쓸데없이 부사어를 많이 넣지도 않았고 주인공이 맥락 없이 죽지도 않았으며 행복하게 잘 먹고 잘살지도 않았다. 어쩌면 경민은 그때부터 서사가 무엇인지 어떻게 이야기를 해야 재미가 있는지 알고 있었는지도 모르겠다. 그나마 어린이집에 다녔기 때문에 자신의 이름과 몇몇 단어를 읽을 수 있었고 숫자도 10까지는 쓰고 읽었다. 어휘력은 아주 뛰어났다. 마치 계집애처럼 하루 종일 종알거렸고 내가 학교에서 돌아오면 따라다니며 이것저것 질문을 해댔다. 그랬던 경민이 부모님 사고 이후 말을 잃었다. 청운사에 있으면서 행복복지원 수녀님에게 글과 쓰기를 배웠다. 수녀님은 경민에게 스케치북을 선물로 주면서 그림을 그리게 했고 클래식을 들려주었다. 경민의 마음을 치유해주는 시도였다. 경민이 실제적으로 일기를 쓰게 된 것은 여덟 살 때부터였고 대학 일학년 때까지였다. 아마도 죽기 전까지 일기를 썼을 거라고 생각됐다. 하지만 지난 일년의 흔적은 사라지고 없었다. 열일곱 생일 선물로 노트북을 사주었다. 그때부터 노트의 수가 확연히 줄었다. 하루의 일과를 간단히 몇 줄 적은 것도 있지만 어떤 사물이나 형상에 빗대어 쓴, 은유적이라고 해야 하나 환유적이라고 해야 하나, 그런 글들이 많았다. 사춘기를 겪고부터 문장이 난해해졌다. 경민의 사춘기는 좀 늦게 온 편인데 열다섯 살 때였다. 신경정신과에서 우울증 처방약과 신경안정제를 타기 위해 정기적으로 한 달에 한 번 진료를 받았다.

자신의 존재나 정체성에 대해 끝없이 질문을 던지며 그런 철학서를 많이 읽은 듯 노트 곳곳에 책 제목과 내용들이 적혀 있었다. 아리스토텔레스의 『시학』을 읽고 문학작품은 인간의 감정을 카타르시스 한다, 고 써놓았다. 비극은 어떤 행위를 모방한 것으로 슬픔과 공포에 의하여 정서 특유의 카타르시스를 행한다, 라는 곳에는 형광펜으로 밑줄이 그어져 있었고 노트에도 필사되어 있었다. 카타르시스란 묵은 감정을 씻어 내리는 정화, 혹은 감정의 대리 배설이라고 붉은 펜으로 씌어 있었다. 특히 『데미안』은 경민의 삶에서 어떤 전환기적 계기를 마련한 작품이었던 것 같다.

감수성이 남달리 예민한 싱클레어가 어린 소년으로부터 청년기를 거쳐 성인이 되어 가는 과정에서 많은 갈등을 겪고 선과 악의 문제로 고민하고 악의 세계를 넘보기도 하지만 결국은 선의 세계로 돌아온다는 내용에서 주인공 싱클레어를 자신으로 환치한 것 같았다. 그리고 싱클레어의 친구였던 막스 데미안을 명우로 여기고 있는 듯했다. 싱클레어가 성장해가면서 여러 가지 갈등과 어려움에 부닥

칠 때마다 나아갈 길을 제시해주는 데미안이, 싱클레어가 어른으로 성장하는 데 결정적 인물이듯 명우가 경민에게 그런 존재였던 것 같았다. 그러나 명우는 열 살 때, 즉 자신이 청년기로 접어들기도 전에 자신을 떠나버렸다. 그에 대한 상실감이 머릿속에 그리는 환상으로 대치되어 그게 아프락사스로 그려지고 있었다.

경민이 대학에 가서 명우를 다시 만났지만 명우가 결혼한 것에 대한 상실감 때문에 이미 떠난 존재로 여긴 듯했다. 그러나 현존하지는 않지만 자신에게 잃어버린 말을 되찾아주고 문자로나마 자신의 마음을 전할 수 있어 구원의 대상으로 여겼고 마음속에 존재하여 영원히 사라지지 않는 이미지로 대체한 듯 보였다. 경민이 예민하게 반응을 했던 성서의 두 이야기 〈카인과 아벨〉, 〈예수 십자가 위의 두 도둑〉은 어떤 화두처럼 끈질기게 생각을 이어간 것 같았다. 즉 카인은 극악무도한 살인자가 아니라 강인한 내적인 힘을 갖고 신으로부터 독립하였기에 약한 자들로부터 질시를 받은 종족을 상징한다고 볼 수 있고 또한 십자가 위의 두 도둑 중에 끝까지 자신의 신념과 가치를 지킨 채 죽음을 떳떳이 맞이한, 한 도둑이 예수 앞에 무너진 다른 도둑보다 내면의 진실에 보다 더 충실하였다는 데미안의 해석을 경민은 꽤나 고민한 듯했다. 책에 형광펜으로 밑줄이 그어져 있었고 노트에 '선과 악', '속죄' 같은 단어들이 낙서처럼 빼곡했다. 선악의 이분법적 세계의 구분과 가르침이 절대적인 것이 아님을 알게 된 고민의 흔적이라고 할까? 잘은 모르지만 부모님을 죽게 한 정병석 씨에 대한 깊은 고민이 아니었을까? 아니면 열 살의 경민이 명우에게 그런 영향도 받은 것일까? 청운사에 기거하는 사람들, 예를 들면 장애를 지닌 처사와 보살을 보고 이분법적인 삶, 그런 생각을 진지하게 했던 것일까? 스님에 대해서도 마찬가지였다. 반드시 무엇을 실천해야 된다고 강요하지도 않았으며 방관하듯 지켜보는 스님. 그리고 청운사에 몸담고 있는 장애를 지닌 그들. 사람이 죽은 후 한 줌의 뼈가 되어 봉안당에 안치되는 일련의 과정을 보고 삶이란 무엇이고 선과 악이란 무엇이며 속죄라는 것은 또 어떠한 것인지, 생각이 많았던 것 같았다. 그러한 일을, 즉 선한 일을 행하면서, 우리를 대하는 스님의 태도에서, 선이란 무엇이고 악이란 무엇인가? 이분법적으로 나눌 수 없는 인간의 삶에 대해 생각을 많이 한 것 같았다.

작은집에 대한 것도 마찬가지였다. 그때 우리는 부모를 대신해줄 누군가가 간절했다. 작은아빠에게 기대했으나 상처만 받았다. 우리가 의지했던 대상은 스님이었다. 관심 받고 싶었고 인정받고 싶었던 마음이 아주 컸다. 하지만 스님은 대체로 방관하듯 우리를 대했다. 나는 그런 스님의 태도가 큰 도움이 되었지만 경민은 서운했던 모양이었다. 경민은 진짜로 자신을 온전히 이해해주는 아빠나 형이 필요했는지도 모르겠다. 아, 그러고 보면 나는 경민에 대해 아는 게 없었다. 다 안다고 생각한 건 내 착각이었다. 명우를 다시 만나고 느낀 상실감이 아주 컸던 것만은 사실인 듯했다. 명우라는 실존재에 대해 엄청난 기대와 환상을 갖고 있었기에 자신이 '알을 뚫고 날아오르는 매'가 될 수 있다고 가능성을 열어놓았으나 명우가 결혼을 했다는 것이 단지 나와의 인연이 끊긴 것 이상으로 자신과의 관계도 단절되었다고 느꼈던 것 같았다. 그래서 미나를 집착하듯 사랑한 걸까?

"새는 알을 뚫고 나오기 위해 싸운다. 알은 세계다. 태어나려는 자는 하나의 세계를 깨뜨려야 한다. 알을 뚫고 나온 새는 신에게로 날아간다. 신의 이름은 아프락사스"라는 책의 내용을 경민이 무엇 때문인지 붉게 사선으로 쫙쫙 그어놓았다. 선과 악을 초월하여 자유로운 내적 자아를 확립할 수 있다고 믿었으나 그러한 일이 부질없는 일로 여겨졌던 것일까? 소설이라는 매개체가 이유와 상황에서 잘 되지 않았기 때문에 상실감이 더 컸던 것일까? 일곱 살의 어린 아들을 자신의 욕망 때문에 버린 어머니, 그녀에게서 태어난 명우, 나와 명우를 갈라놓은 또 한 번의 악한 행동…… 아프락사스의 진정한 성취는 자기 자신의 운명을 찾아 그 운명을 자신 속에서 온전히 살아내는 것, 그리고 스스로 새로운 것을 만들어내고자 실천하는 것, 이를 위해 감당해야 할 고독의 깊이가 절대적이라는 책의 내용을 경민은 비현실적이라고 느낀 것 같았다.

자신은 부모의 사고에 대한 트라우마를 이겨내는 것, 명우는 버려졌다는 것에 대한 트라우마를 이겨내는 것, 두 개의 선을 잇는 삼각형의 꼭짓점을 잇는 곳에는 내가 있다고, 그 꼭짓점을 잇기 위해 명우를 만났으나 이을 수 없다는 상실감 때문에 미나에게 집착한 것일까? 그 꼭짓점을 잇기 위해 책의 주인공처럼 경민도 대학에 진학했다. 하고 많은 대학의 문창과 중에서 동남대학교에 가겠다고 했던 것이다. 열 살 꼬맹이 눈에 비친 스무 살의 대학생은 어쩌면 완벽한 인간, 신으로 인식되어 고정되어버렸는지도 모른다. 경민이 남긴 흔적은 여기까지였다. 불완전할 때의 흔적이었다. 미나를 만나고부터 어떻게 변했는지 그 이야기는 의도적으로 삭제해 버렸다.

경민이 니체의 책을 읽고 사유하며 고독하지만 자유로운 생활을 만끽했던 흔적도 있었다. 신은 죽었다, 에 붉고 굵게 쓰인 글씨가 예사롭게 느껴지지 않았다. 『차라투스트라는 이렇게 말했다』를 영원회귀의 기본 사상이라고 어느 해설가가 말했는데, 영원회귀란 삶의 매순간과 모든 순간이 바뀌지 않은 채 무한히 되풀이되는 것으로 인식한 듯했다. 경민은 윤회, 라고 붉고 굵게 써놓았다. 솔직히 나는 니체의 책은 읽지 못했고 그렇게 골치 아픈 책은 읽고 싶지도 않았다. 그래서 경민의 머릿속을 온전히 해독할 수 없었다. 일 년의 흔적이 지워진 상태에서는 더욱더.

내가 드라마나 소설을 읽으며 눈물을 찔끔거리면 "순정 만화적 감성을 지닌 문학소녀"라고 놀렸다. 모르겠다. 대학 진학 후 선과 악, 속죄와 윤회 같은 주제에서 분리되었는지 아니면 계속 유지하고 살았는지. 답답하기만 했지 풀리는 게 없었다.

인터넷 창을 열었다. 메일이 열 통이나 와 있었다. 청구서에도 숫자 1이 표시되어 있었다. 카드명세서였다. 클릭하려는 순간, 지난 팔월 카드 이용대금명세서가 궁금했다.

  2015. 8. 3. / 가족 873 / 드림마트 / 72,580원

  경민에게 가족명의로 신용카드를 만들어주었다. 용돈이 부족하거나 급할 때 사용하라고.
  팔월 삼일은 경민이 사고를 당한 날이었다. 그러니까 죽기 전에 구입한 물건의 값을 치른 거였다. 드림마트에서 72,580원으로 산 게 무엇일까? 드림마트는 경민의 원룸텔 앞에 있는 마켓이었다. 나는 벌떡 일어났다. 의자에 걸쳐 놓은 스웨터를 집어 들고 아파트 입구로 뛰었다. 지나가는 택시를 잡아탔다.
  "대학로에 있는 드림마트로 가주세요!"
  찬바람이 얼굴을 할퀴었다. 기사가 창문을 닫으라고 하는데 닫을 수가 없었다.

#-7

남부시장 입구에 있는 순댓국집에서 아르바이트를 시작했다. 순댓국집 알바는 아홉 시에 출근해 그날 밑반찬에 쓸 야채를 다듬는 일로 시작했다. 대개 세 종류의 나물반찬이었다. 김치와 깍두기는 삼 일에 한 번씩 커다란 통에 다섯 통을 담갔고, 장아찌 같은 것은 그때그때 담아두었다가 필요할 때마다 꺼내 썼다. 그러나 밑반찬은 날마다 만들어야 했다. 처음에는 아줌마가 직접 만들었는데 갑자기 나보고 해보라고 했다. 간을 보더니 고개를 끄덕이며 말했다.

"됐다, 이제 네가 해라!"

그 말이 칭찬이라고 좋아했는데 내 일만 늘었다. 순대는 거래하는 곳의 주인이 삼 일에 한 번꼴로 들렀고 양을 점검하여 들여놓았다. 열 시가 되면 그날 사용할 순댓국에 넣을 부재료를 전부 썰어야 했다. 칼질이 힘들다기보다 부속물 만지는 이물감이 싫었다. 뜨거울 때는 그나마 나은데 식은 부속물은 물컹거리고 하얀 기름덩이가 묻어 있어 미끈거렸다.

열한 시부터 점심 손님이 들어오기 시작했다. 점심 손님이 빠져나가는 데는 대중이 없었다. 설거지를 하고 점심에 남은 양을 살피고 저녁에 쓸 것을 준비했다. 두 시가 넘어야 점심을 먹을 수 있었다. 다섯 시가 되면 또 저녁 손님이 들어오기 시작했고 아홉 시까지는 눈코 뜰 새가 없었다. 특히 저녁 손님은 거의 술손님이었다. 장사를 마무리 하면 열 시가 넘었다. 가게에 나오면 경민을 생각할 겨를이 없었다. 전화가 오지 않으면 잘 있으려니 여겼다. 아니 명우가 경민과 같이 있어 안심을 했다. 처음에는 백오십만 원이 많은 돈이라고 생각했는데 시간이 갈수록 박하다고 생각됐다. 한 달만 채우고 그만둬야겠다고 아침에 눈뜨면 결정했다가 저녁에 술을 한잔하면서 이런저런 아줌마의 인생이야기를 듣다 보면 그런 생각이 사라졌다. 동생 갖다 주라고 싸주는 순대와 밑반찬과 세상이 험하니 택시 타고 가라고 쥐어 주는 만 원이 그런 생각을 지웠다. 아줌마도 나만큼이나 외로운 사람이라는 것에 쉽게 그만두지 못했다.

일을 마치고 나면 주인아줌마는 셔터를 내리라고 오른손을 까딱했다. 내가 셔터를 내리면 아줌마는 소주와 안주를 식탁 위에 펼쳤다. 내가 이렇게 술을 잘 마시는 줄 몰랐다. 일주일쯤 지났을 때 앞치마를 벗는 내게 아줌마가 물었다.

"소주 한 잔 할까?"

나는 아직껏 술을 못 마셔봤다고 말하지 못했다. 아줌마는 내가 스물둘의 취업준비생으로 알고 있었다. 개강모임이나 동아리 활동도 참여하지 않아 술 마실 기회가 없었다. 친구도 없어서 더욱 그랬다. 혼자 매점에서 김밥을 먹을 때 서글프지 않다면 거짓말이었다.

첫 잔을 들이켜고 혀로 입술을 핥으며 음미했다. 냉장고에서 갓 꺼낸 소주라 시원했지만 엄청 썼다. 인상을 찌푸리면 초짜라는 게 들통날까 봐 배시시 웃었다. 혀끝에 감도는 달달함이 나쁘지 않았다.

아파트 앞 행복마트를 주로 이용했지만 종종 재래시장까지 걸어 내려왔다. 물건을 싸게 사기 위해서가 아니라 구경을 하고 싶었다. 나물 같은 것은 포장되어 파는 마트 물건보다는 노점에서 파는 것이 훨씬 맛이 좋다는 것을 나는 알고 있었다. 노지에서 자란 시금치나 봄똥 배추 맛이 얼마나 달고 고소한지 무쳐놓으면 쉽게 무르지 않고 영양가도 많다는 것을. 그리고 시장 끝에는 허름하지만 맛이 좋은 식당이 있다는 것도. 청운사에 있을 때 비빔밥 재료를 사고 시장 끝에 있던 식당에 갔던 일을 기억하고 있었다. 새벽일을 마친 사람들은 순댓국이나 선짓국에 소주를 마시며 고된 새벽을 이겨내고 하루를 시작했다. 동이 밝아오는 새벽시장은 거칠었고 부산스러웠다. 산지에서 물건을 싣고 와서 부리고 나르는 일꾼들, 알아들을 수 없는 목소리에 정신없이 움직이는 경매꾼들의 손놀림, 물건이 낙찰되자마자 어디론가 실려 가는 물건들. 경민의 손을 잡고 스님을 따라 걸으면 나도 모르게 보폭이 빨라졌다. 우리가 구입하는 것은

얼마 되지 않아 중개인이 운영하는 단골집을 이용했다. 공양주보
살은 내게 좋은 야채를 고르는 방법을 일일이 설명해줬다. 값을 치
르고 처사가 물건을 차에 실으면 식당으로 갔다. 경민과 나는 그때
순댓국이나 선짓국의 맛을 알게 됐다.

　동남순댓국집 입구 유리문에 '가족처럼 함께 일할 사람을 찾습
니다'라는 종이가 붙어 있었다. 방학을 앞두고 있어서 아르바이트
를 해 보려고 일자리를 알아보고 있었다. 하지만 카페는 시급으로
지급했고 돈이 얼마 되지 않았다. 학교에서 연결해주는 알바도 마
찬가지였다. 미닫이문을 열고 들어갔다. 고무장갑을 낀 채 주방에
서 김이 하얗게 오르는 기다란 순대를 솥에서 건져내느라 인상을
쓰고 있던 아줌마가 어서, 오세요! 라고 소리쳤다. 목소리가 엄청
컸다. 나는 고개를 푹 꺾었다가 들고 물었다.

　"요 앞에 씌어 있는 가족처럼 함께 일할 사람, 조건이 어떻게 돼요?"

　"왜?"

　묻는 게 아니라 야단치는 느낌이었다. 기죽으면 안 될 것 같아 나
도 같이 소리쳤다.

　"제가 일해도 되나 해서요!"

　"아가씨가?"

　나를 위아래로 훑었다.

　"몇 살인데?"

　"스물둘이요."

"이런 일 해봤어?"

"아뇨. 하지만, 집에서 밥하고 찌개 끓이고 이런 거, 다 제가 해요. 나물 같은 거, 저는 마트에서 안 사요. 여기 남부시장에 와서 노지에서 생산한 걸로 사요."

"왜?"

"예?"

나도 모르게 되물었다. 아줌마가 깔깔 웃었다.

"아홉 시에 출근해서 열 시까지 일하고 월급은 백오십이다. 그 대신 일요일에도 출근해야 해."

"일요일도 일해요?"

"왜? 교회 다니냐?"

"아뇨."

"아직은 내가 좀 벌어야 되거든. 그 대신 한 시까지 와. 그런데 왜 교회는 안 다녀?"

"교회는 안 다녀요."

"그러니까, 왜 안 다니냐고?"

나는 식당 입구 위, 액자 속에서 곱슬거리는 단발머리의 서양남자가 지긋한 눈으로 열 평 됨직한 순댓국집을 내려다보고 있는 것을 발견했다. 또한 돈을 받는 계산대 위에 십자가에 양팔을 매단 채 찡그린 모습으로 팬티만 입고 있는 액자 속의 서양남자를 다시 보았다. 절에 다녀요, 라고 말하려다가 그냥요, 라고 작게 말했다.

이왕 하는 건데 제대로 일해서 월급을 받고 싶었다. 그래야 경민이 병원에서 정밀검사를 받을 수 있었고 유행하는 찢어진 청바지도 살 수 있었고 화장품도 살 수 있었다. 청운사에서 보내주는 생활비는 빠듯했다. 스님은 돈이 부족하지 않느냐고 물었지만 그렇다고 말할 수 없었다. 할아버지가 청운사에 재산을 시주한 것은 할아버지의 재산이었기 때문이었다. 그 돈은 재단에서 운영되는 공적자금이었다. 할아버지가 시주한 재산을 돌려받으려고 작은아빠가 법적 소송을 했으나 패소했다고 수다쟁이 공양주보살이 말해주어 알고 있었다. 작은아빠가 청운사에 들러 가끔 행패를 부린다고 했다.

"저번 주에 너희 작은아버지가 또 왔다 갔다. 사업이 힘드네 어쩌네 하면서 한바탕 난리를 피우고 갔어. 그래도 차는 외제차로 바꿨더라. 에고, 그런데 어쩌면 조카들 안부를 한 번 안 묻냐? 너희 할아버지가 지혜가 있었던 거지. 청운사에 재산 안 맡기고 자식들에게 남겨줬더라면 지금 너희들 신세가 어떻게 됐을까 싶다."

작은아빠가 정말로 사업이 어려워 돈이 필요해서 스님한테 떼를 쓴다고 생각되지 않았다. 어쩌면 우리를 맡지 않기 위한 연막이 아닐까? 그래서 스님은 우리에게 작은집 이야기를 하지 않는 것이고. 행복아파트에 짐을 부리던 날 스님이 말했다.

"전화가 오면 피할 필요까지는 없지만 굳이 네가 먼저 연락할 필요는 없겠다."

우리가 처음부터 작은집 식구들에게 짐처럼 느껴지지는 않았을 것이다. 오줌도 가리지 못하고 울기만 하는 경민을 맡는다는 것은 쉬운 일이 아니었다. 사춘기가 절정이던 경오도 마찬가지였을 것이다. 내내 혼자 사용하던 방을 오줌도 가리지 못하는 경민과 함께 써야 하는 불편함은 말하지 않아도 짐작이 갔다. 경민이가 내 동생만 아니었더라면 나도 도망쳤을 것이다. 어깨와 가슴을 짓누르는 바위처럼, 여름날 꽉 끼는 코르셋을 입은 것처럼 답답하지 않았다면 거짓말이었다. 그런 내 마음을 알기 때문에 경민이 더욱 기를 쓰고 내 곁에서 떨어지지 않으려 했는지도 모른다. 아직도 칼을 무서워하고 말을 못하고 사람들 속에 섞이지 못하지만 전에 비하면 엄청나게 좋아지고 있었다. 다 명우라는 좋은 친구 덕분이었다. 나는 가끔 생각한다. 혹시 최명우는 부모님이 보내준 선물이 아닐까 하고. 영원히 우리 곁에 있었으면 좋겠다. 그런데 한편으로 명우는 어떤 남자일까? 몹시 궁금했다. 하지만 나는 절대 묻지 않기로 했다. 아니 알지 않기로 했다.

부모님 기일이 다가오고 있었다. 움직이지 않으면 바늘이 박힌 신발을 신고 있다는 것을 잊는다. 그러나 어쩔 수 없이 발을 디뎌야 할 때가 오면 고통스러울 거라는 공포 때문에 가슴이 뛰고 숨이 가빠졌다. 일이 힘들어 말할 수 없이 몸이 피곤했지만 잠을 잘 수가 없었다. 끝없이 내 안의 내가, 부모님은 정말로 암보험 같은 질병보험만 들었고 일반 보험이나 상해사망보험 같은 것은 가입한 게 없었을까? 작은아빠는 집을 팔아도 아빠의 부채를 충당하기가 어렵다고 했다. 암보험만 가입되어 있어 별 도움도 되지 않는다며 법적인 모든 것을 위임한다는 위임장에 사인을 하라고 했다. 레스토랑은 얼마의 빚을 지고 있었고 우리 집은 얼마에 팔렸을까? 할아버지에게 한 푼도 상속 받지 않은 작은아빠가 단종회사를 차릴 수 있는 밑천과 외제차는 무슨 돈으로 구입한 것일까? 아니, 경오의 컴퓨터는 무슨 돈으로? 정병석 아저씨는 그저 형의 친구라 안면만 있는 사이였을까? 바늘신발은 아직 덜 아문 딱지를 뚫고 살갗을 헤집었고 다시 나는 피를 흘렸다.

'내가 할 수 있는 일은 아무것도 없어!'

나는 두 손으로 머리를 붙들고 도리질을 했다. 나도 살아야 했다. 작년 기일 때 음복을 하며 작은아빠에게 아무 생각 없이 툭 뱉듯 물었다.

"우리 집에는 누가 살까요? 집을 험하게 쓰지 않는 사람이었으면 좋겠는데……."

겨우 이 말 한마디를 했을 뿐인데 작은아빠가 술잔을 던지듯 내려놓으며 자신의 먹이를 탐내는 이웃의 개를 쫓듯 으르렁거렸다.

"너한테 허락이라도 받고 살 사람을 들여야 했겠냐?"

그것으로도 모자랐는지 난폭하게 술병을 낚아 채 물 컵에 남은 소주를 부어 물 마시듯 했다.

"영감탱이가 얼마나 나를 미워했는지. 술집 년한테서 태어난 게 내 잘못이야?"

나는 그때야 할머니가 다르다는 걸 알았다. 그래서 스님이 작은집에 들어가는 것을 꺼려했다는 것도.

"모르는 사람은 너희 아빠가 문학을 좋아하는 감성적인 사람이라고 말하지만 나는 다 알고 있다. 너희 아빠가 얼마나 악랄한 인간인지. 고등학생이면 어린애라고 말할 수 없어! 그런데 말이 새나갈까 봐 영감탱이가 전전긍긍했지. 만약에 내가 네 아빠 같은 사고를 쳤어봐라. 합의고 뭐고 없이 소년원에다 당장 처넣었을 것이다. 착한 병석 형이라 네 아빠와 동업도 했던 것이지."

경민이 숟가락을 든 채 울음을 터트렸다. 조기 살을 발라 경민의 밥숟가락 위에 올려주던 나는 조기만 헤집고 있었다. 스님이 그때 방에 들어오지 않았더라면 어땠을까?

그런 작은아빠에게 부모님에 대한 추락사고가 미심쩍다고, 성급하게 경찰이 내민 사건처리 결과에 사인을 하는 게 아니었다고, 그 사고 이후로 경민이 바보가 된 게 사건과 연관이 있다고, 또 아빠의 빚은 얼마나 있었고, 우리 집은 얼마에 팔렸고, 혹시 다른 보험금은 없었냐고…… 아니 아빠가 고등학교 때 어떤 사고를 쳤느냐고, 그 사고가 정병석 씨와 어떤 연관이 있는 거냐고…… 말을 꺼낼 수가 없었다. 아니 아빠가 고등학교 때 어떤 잘못을 저질렀는지 물을 수 없었다. 솔직히 작은아빠가 무섭기도 했지만 내가 또 무엇을 감당해야 할지 두려웠다. 작은집 식구들은 물론이고 작은아빠와의 만남도 그 이후로는 가슴 떨리는 일이 됐다. 오히려 자주 연락을 안

하고 사는 게 안심이 됐다.

아침을 먹고 버스터미널로 갔다. 자판기에서 커피를 뽑아 한 잔 마시며 벤치에 앉아 한 시간을 그냥 흘려보냈다. 울포행 버스를 탔다. 울포에는 두 번째였다. 부모님 사고 때는 작은아빠의 자가용을 타고 곧바로 경찰서로 갔다. 눈에 익은 곳이 없었다. 하지만 어느 도시와 다를 바 없었다. 터미널 근처의 혼잡함도 똑같았다. 울포 해수욕장을 가기 위해서는 시내버스를 타야 했다. 운행은 한 시간 간격이었고 그곳으로 직행하지 않기 때문에 한 시간 정도가 걸린다고 했다. 앞차가 떠난 지는 오 분밖에 되지 않았다. 내가 울포에 온 이유는 딱히 없었다. 그저 답답했기 때문이었다. 막상 부모님의 사고 장소를 목격하려니 두려웠다. 어쨌든 한 시간을 버텨야 했다. 나는 주위를 두리번거리다 카페 간판을 보고 걸음을 옮겼다.

아이스커피를 한 잔 주문하고 창가 자리를 찾아 앉았다. 그런데 멀리 울포일보가 눈에 들어왔다. 자리에서 발딱 일어났다. 커피를 취소했다. 카페를 부리나케 나와 울포일보를 향해 뛰었다.

나는 어디를 찾아가야 할지 몰라 출입 현관에 붙은 안내판을 들여다보았다. 경비 아저씨가 어떻게 왔느냐고 물었다. 지난 기사를 보고 싶은데 어느 부서를 찾아가야 하는지 알 수 없다고 했다. 오층 자료보관실로 가라고 했다.

작은 도서관 같았다. 나는 출입문에서 가장 가까운 컴퓨터를 들여다보고 있는 청년 앞으로 갔다.

"소설을 쓰려고요. 울포에 대한."

"작가세요?"

"아뇨, 아직은…… 동남대학교 학생이에요. 학생증 보여드릴게요."

남자가 학생증을 돌려주며 자리에서 일어났다. 안쪽 열람실이라 씌어 있는 유리문을 열고 들어갔다. 그가 구부정하게 허리를 구부리고 컴퓨터를 켰다. 의자를 빼고는 내게 앉으라는 손동작을 했다. 컴퓨터가 부팅되어 화면이 나타나자 능숙하게 자판을 치고 마우스를 움직였다. 나는 그가 내 팔을 스치는데도 개의치 않았다.

"울포일보 초년부터 기사가 업로드 돼 있으니까 이곳에 일자를 지정하고 보고 싶은 기사를 치면 돼요."

교양수업으로 〈컴퓨터 개론〉을 배웠지만 솔직히 컴퓨터 이용이 서툴렀다. 중앙도서관에서 자료 목록을 검색하거나 책 목록을 찾는 것 외에는 사용해보지 않았다.

"보고 싶은 기사는 어떤 유형이죠?"

"사회면의 사건사고요."

"소설 소재를 찾는구나. 아, 그러면 여기에 사회면이라고 치고 날짜를 지정하면 되는데……."

"재작년부터 올해까지 만요."

땀이 나는 손을 허벅지에 닦으며 빠르게, 컴퓨터 다루는 것에 능숙하지 않은 나를 대신해 그가 해주기를 바랐기 때문에 말을 부지런히 쏟아냈다.

"이렇게 클릭해서 날짜를 지정하면 되고 사건사고니까 경찰의 기사를 클릭하면……."

나는 최대한 공손하게 대답을 했고 고개까지 끄덕였다.

"무슨 사고죠?"

"아! 자동차 추락사고요. 울포 모퉁이에서 자동차 추락사고가 자주 일어난다고 해서……."

"그러면 간단해. 검색창에 자동차 추락사고라고 치면."

그가 눈으로 됐느냐고 물었다.

"아, 네에. 감사합니다."

발딱 일어나 다시 인사했다. 그가 웃으며 돌아갔다.

세 건의 기사가 떴다. 그때 경찰이 나에게 말할 때는 그해만 이미 다섯 건이나 추락사고가 있었다고 했는데…… 날짜와 제목이 일목요연하게 눈에 들어왔다. 2000년 8월 30일 사건은 우리 부모님 것이 틀림없었다. 한 달 전으로 한 건이 더 있었고…… 그리고 2001년 8월 30일, 그러니까 정확히 일 년 후의 자동차 추락사고가 한 건 더 있었다. 그러니까 재작년에 일어난 사고였다. 나는 마우스를 움직이다가 멈췄다. 음주운전으로 인한 추락 사망사고라는데 마우스를 더 이상 움직일 수가 없었다. 우리 부모님과 똑같은 사건이라는 것 때문이었다. 자동차 추락사고! 그것도 음주 후 추락사고? 심호흡을 하고 부모님 사건부터 클릭했다.

[경찰] 울포경찰서 서부파출소, 휴가 온 40대 부부, 울포 모퉁이에서 차량 추락 후 화재로 사망

울포경찰서 서부파출소(소장 김근필)는 지난 31일 새벽 3시 25분께 울포 모퉁이에서 카렌스를 타고 가던 이 씨 부부(남·43, 여·41)가 추락하여 화재로 전소된 차량을 발견했다. 경찰에 따르면 이 씨 부부는 함께 온 친구 정 씨(남·43)와 새벽까지 술을 마셨다. 더 마시기 위해 이 씨 부부는 술을 사러 나갔다. 친구 정 씨가 극구 말렸으나 뿌리치고 부부가 함께 차를 운전하고 갔다. 당시 정 씨의 진술에 의하면 소주 5병, 맥주 5병을 마셔 이미 만취상태였다. 이 씨가 운전하던 카렌스는 평소 길이 험해 사건사고가 자주 일어나던 모퉁이였고 추락하여 불길에 휩싸여 차량 내부가 모두 전소되었다. 새벽 4시에 술이 깬 친구 정 씨의 신고로 경찰이 출동했고 이 씨의 차량이 전소되어 있는 것을 발견했다. 신원을 알 수 없을 정도로 사체가 심하게 훼손되었으나 정 씨가 이 씨 부부라는 것을 확인했다.

김윤석 2000-08-31

절대 우리 아빠는 술을 드시고 운전하는 사람이 아니라고, 우리 엄마도 그런 실수를 할 사람이 아니라고 소리를 쳐본들 무슨 소용이 있겠는가. 당시도 그랬는데 지금에서야. 나는 짧게 호흡을 하며 고개를 숙이고 가슴을 두드렸다. 쉽게 진정되지 않았다. 하지만 마냥 시간을 지체할 수는 없었다. 일 년 후, 2001년 8월 30일의 사건

을 클릭했다.

연암에 사는 정 씨(44살)는 일 년 전 자동차 추락사로 사망한 친구 부부를 애도하기 위해 울포를 찾았다가 안타깝게 추락사했으며 119대원이 병원으로 옮겼으나 사망하고 말았다.

기사의 내용을 간추리면, 일 년 전에 죽은 친구 부부를 애도하기 위해 정 씨는 울포 시내 꽃집에서 국화를 한 다발 샀으며(차에서 꽃다발이 발견되자 경찰이 꽃집 탐문 조사함), 그는 술에 취해 있었다(꽃을 포장할 당시 횡설수설 그런 말을 했다는 꽃집 주인의 진술). 그를 병원으로 옮긴 119대원도 술 냄새가 심했다는 진술 등을 토대로 경찰은 정 씨가 음주운전 후 추락사 한 것으로 결론짓고 있었다.

정병석 씨는 왜, 무엇 때문에 우리 부모님이 죽은 일 년 후, 그 자리에서 죽었을까? 아니 죽어야 했을까? 도대체 아빠와 정병석 씨는 고등학교 때 무슨 일이 있었던 것일까? 아니, 아빠는 정병석 씨에게 어떤 나쁜 짓을 한 것일까? 그리고 정병석 씨는 우리 부모님에게 어떤 짓을 한 것일까? 당장 경민에게 물어보고 싶었다. 하지만 그럴 수 없었다.

흔적 찾기 1

"글쎄요……?"

예상했던 대로 파마머리에 노란색 드림마트 조끼를 입고 면 장갑을 낀, 계산대에 서 있던 오십 대 중반의 여자는 육 개월이나 지난 일을 어떻게 알겠느냐고 했다.

"저…… 그날이 대학생 커플 살인사건이 일어났던 날이에요. 저기, 원룸텔에 살던……."

"아, 그날이에요? 그럼 나는 그날 근무 안 했어요. 난 몰라요!"

여자는 딱 잘라 말하며 손사래를 쳤다. 아휴, 지긋지긋해! 혼잣말을 하며 되돌아 계산대 위, 담배 선반을 정리하는 척 나를 피했다. 그동안 그 일로 이곳도 꽤나 귀찮았던 것 같았다. 나는 휴대폰으로 이메일을 열었다. 그리고 그 부분을 크게 확대해 내밀었다.

"아이, 모른다니까요."

"저, 아줌마! 내가 그 죽은 애, 누나예요. 저 원룸텔에 방 얻어줄 때 여기 와서 이것저것 많이 사갔고 그때 아줌마가 되게 친절해서 어디가지 말고 꼭 여기 와서 물건 사라고……."

"그러고 보니까 얼굴이 낯익기는 하네."

심성이 그리 나쁘지 않은 듯 여자는 금세 누그러졌다. 나는 다시 물었다. 여기서 사간 물건이 뭐고 혹시 누가 사갔는지 알 수 없겠느냐고. 즉 이렇게 생긴 애가 사가지 않았느냐고, 경민의 사진을 확대해서 보여주었다.

"어머, 이 학생이에요? 죽은 게? 세상에…… 우리 집을 이용하는 학생이 한두 명이 아니라서 긴가민가했지. 왜, 이 학생은 안 오나? 어디로 이사 갔나? 했어. 원래 학기가 끝나면 그러니까. 몰라, 기억 안 나. 만약 늦게 우리 집에 온 거면. 애 아빠가 열 시 넘으면 지키니까."

여자는 잠깐 있어 보라고 손사래를 치고 휴대폰을 들어 남편으로 짐작되는 이와 통화를 했다.

"기다려 봐요. 남편이 온댔어요."

나는 조바심에 기다리지 못하고 가게를 빠르게 훑었다. 입구부터 세일품목이라고 적힌 과자며 음료수가 수북하게 쌓인 매대가 자리를 차지하고 있었다. 선반 위에서 바닥까지 너저분하게 물건이 늘어져 있었다. 주인이 아니면 필요한 물건을 재깍 찾는 건 쉽지 않을 것 같았다. 그래서 물었다.

"혹시 팔만 이천오백팔십 원짜리 물건이 뭐가 있을까요?"

"글쎄……."

여자가 누그러진 목소리로 애매하게 대답했다. 나는 침을 삼키고 물었다.

"혹시, 칼도 팔아요?"

"그럼, 당연하지."

여자가 진열장 뒤쪽으로 성큼성큼 걸어갔다. 여자의 머리가 잠깐 사라졌다가 나타나며 아, 여기 있네! 나는 다리가 후들거려 계산대 책상을 얼른 붙들었다.

"울트라 스무드 세라믹, 팔만 이천오백팔십 원. 이거네!"

"그러네요. 그럼, 이 칼을 누가 사갔나요?"

여자의 남편이 그때 들어왔다. 여자는 내게 플라스틱 의자를 내주며 좀 앉으라고 했다. 나는 그곳이 좁은 통행로라는 걸 알면서도 철퍼덕 앉았다. 여자가 빠르게 남자에게 설명을 했다. 나는 다시 휴대폰을 열어 경민의 얼굴을 보여줬다.

"아, 기억해요. 땀을 뻘뻘 흘리고 얼굴이 창백해서는 계산했어요. 우리 집 단골이라 내가 아는 척을 했거든요. 어디 아프냐고 물었더니 좀 그렇다고 고개를 끄덕였어요. 그러면서 쇼핑백에 담아달라며 내밀었어요. 쇼핑백을 챙겨왔던데."

"설마, 이 칼로 그럼, 그 끔찍한 일을 당한 거예요?"

"범인이 애인이라고 하던데…… 그 자리에서 자수했다면서요."

"커피 한 잔, 아니 물 한 잔 줄까요?"

"여보, 생수 하나 꺼내와!"

나는 가슴을 움켜잡고 겨우 물었다.

"몇 시쯤인지, 혹시 기억하세요?"

"글쎄, 아홉 시 뉴스가 끝났으니까 열 시쯤 되려나?"

나는 눈을 꼬옥 감았다. 눈앞의 사물들이 빙빙 돌아 도저히 눈을 뜨고 있을 수 없었다. 여자가 손에 쥐여 주는 생수를 받아 마셨다. 고맙다는 인사도 못하고 아니 생수 값도 계산 않고 드림마트를 나왔다. 이 시간에 명우에게 전화를 하는 건 예의가 아니라는 걸 알면서도 단축번호를 길게 눌렀다.

그러니까 명우의 가설은 미나가 범인이 아니다, 였다. 그럼 누가 경민을 살해했다는 거야? 그렇게 내가 물을까 봐, 지금까지 말을 빙빙 돌렸던 것이다. 즉 미나는 경민을 살해하지 않았다. 경민이 자살을 한 것이다. 미나가 도착했을 때는 어떻게 손쓸 수 없는 상황이었을 것이다. 아홉 시쯤 미나가 경민의 원룸텔을 찾아갔다는 것도 맞지 않다. 그렇다면 무엇 때문에 경민은 자살을 했고 그것도 끔찍하게, 무엇 때문에 미나는 경민을 살해했다고 했을까? 아니 이십 년이라는 징역을 살겠다고 자처한 것일까? 아, 이제 내가 무엇을 해야 하는가.

#-8

아줌마는 독실한 기독교 신자가 틀림없었다. 입만 열면 주여, 소
리를 입에 달고 살았고 흥얼흥얼 찬송가를 불렀으며 무엇보다 주酒
님을 아주 좋아했다. 나는 아줌마가 싫지 않았다. 목소리가 너무 커
서 야단치는 듯 왜? 라고 훅을 날리듯 던지는 말투가 처음에는 적
응이 안 됐지만 그게 아줌마의 본심이 아니라는 걸 알았다.

"아저씨는 언제 돌아가셨어요?"

"살림 차리고 얼마 안 있다가. 화물차 운전을 했는데 졸음운전을
했나 봐. 우리 엄마가 반대를 했거든. 생긴 게 너무 선해 보인다고.
그래도 나는 좋았어. 그래서 내가 가방을 싸서 자취하는 그 사람 집
으로 찾아 갔어."

나는 아, 라며 고개를 끄덕이고 소주를 마셨다. 아줌마도 소주를
한입에 털어 넣었다.

"남편이 죽고 집으로 돌아왔는데 뱃속에 애가 생겼던 거야. 원래 내가 신김치는 별로 안 좋아하거든. 그런데 신김치를 척척 걸쳐 밥 한 공기를 다 비웠지. 설거지를 하는데 기분이 이상하더라고. 아, 내가 임신했구나. 퍼뜩 생각이 드는 거야. 친정에서 알면 당장 애를 지우라고 할 것 같아서 그날 밤 다시 가방을 들고 집을 나왔어."

아줌마의 인생행로는 구로동 공장의 공순이로, 청계천 봉제골목의 미싱사 시대로, 건설현장 함바집 찬모로…… 그리고 지금, 동남 순댓국집 주인으로 이어졌다. 우리 부모님과 같은 또래인데 아줌마의 삶은 참으로 극적인 데가 있었다. 물론 내 인생도 만만치 않지만. 나는 아줌마의 이야기에 빠져들었다.

"내 인생에서 두 가지가 나를 구원해줬는데 그게 뭔지 아니?"

나는 대충 짐작이 갔지만 고개를 저었다. 그러고는 어서 말하라는 듯 아줌마 잔에 소주를 따랐다. 소주는 어느새 두 병에서 세 병으로 이어졌다.

"하나는 이 술이 나를 구원해줬고……."

말을 끊었다. 소주를 한입에 털어 넣고 캬, 좋다! 라고 말했다. 나는 아줌마 잔에 소주를 다시 따랐다. 아줌마는 안주를 거의 먹지 않았다. 주량이 소주 두 병이었다. 물론 지금처럼 장사가 잘 돼 기분이 좋고 내가 아줌마 이야기에 양념을 쳐주면 세 병도 마셨다. 안주를 먹지 않기 때문에 그게 걱정이 됐다. 그래서 피순대를 하나 집어 아줌마 입에 넣어주려고 했지만 순대라면 지긋지긋하다며 고개를 젖고 오이를 아작아작 씹어 먹었다. 나도 누린내 나는 순대보다는 상큼한 오이에 손이 갔다.

"또 하나는 종교가 나를 구원해줬지."

아, 라고 추임새를 넣고 고개를 끄덕였다. 아줌마는 청계천 봉제 공장에서 마음에 드는 남자를 만났다. 재단사였는데 총각이었다. 독실한 기독교 신자였다. 그를 따라 교회에 갔다.

"병들고 힘들고 지친 자들은 다 내게로 오라…… 야고보서 5장 13절에서 15절. 믿음의 기도는 병든 자를 구원하리니 주께서 그를 일으키시리라. 혹은 죄를 범하였을지라도 사하심을 받으리라."

울컥 가슴속에서 뜨거운 것이 솟구쳐 올랐다. 얼마나 울었는지 알 수 없었다. 그가 뒤에 서 있었다. 교회는 울 수 있는 유일한 공간이었고 딴 세상이었다. 커다란 유리벽도 고뇌에 찌든 얼굴을 하고 있는 예수의 그림도 그곳에서 만나는 목사와 그의 사모도.

"그때, 내가 큰 죄를 졌는데……."

아줌마가 말을 끊었다. 다시 소주를 입에 털어 넣고도 뜸을 들였다.

"그 남자와 살고 싶더라. 그래서 일곱 살 먹은 아들을…… 고아원에 버렸다."

"어머나……."

이 추임새가 적절치 않다는 걸 알면서 내 입에서 그렇게 나왔다. 아줌마는 개의치 않았다.

"내가 죽일 년이었지. 아이가 밟혀 못 살겠더라. 그래서 남자 바짓가랑이를 잡고 사정을 했어. 우리 아들을 좀 받아 달라고. 그런데 모질데. 안 된다고 하더라."

"그래서 집을 나왔군요?"

아줌마가 다행히 고개를 끄덕였다. 그러고는 빙긋 웃었다.

"가방을 들고 문지방을 넘다가 가만히 생각해 보니까, 괘씸하데. 그래서 그 남자 뺨을 한 대 후려치고 나왔지."

"와아, 아줌마 대박!"

나는 엄지를 치켜세우고 손뼉을 쳤다.

"그런데, 애가 나를 보더니 뒷걸음치더라. 소리도 안 내고 눈물을 주르륵 흘리면서. 내가 가면 냉큼 달려와 안길 줄 알았거든. 그런데 안 그러더라."

나는 아무런 추임새도 넣지 못했다.

"어린 게 상처가 얼마나 컸으면 그랬을까…… 사실, 나는 지금도 아들이 좀 어렵다. 지 애비 닮아 원체 말도 없고 술도 못 마신다. 지할 일은 알아서 하거든. 내가 잔소리할 게 없다."

"아들이 있어요?"

아줌마는 고개를 끄덕이고 말을 이었다.

"그 후로는 정말 눈 한번 팔지 않았다. 남자라면 참말로 짐승보다도 못한 존재로 여기고 살았다. 이제 내가 믿는 것은 오직 주님뿐이다. 바로 하늘에 계시는 주님과 내 손 안에 있는 주님이다."

자정이 넘었다. 아줌마가 돈 통을 열고 만 원짜리를 손에 쥐여 주며 택시를 타고 가라고 했다. 나는 큰길만 건너면 된다며 사양했다. 아줌마가 시간외 수당이라며 받으라고 했다.

명우와 더불어 좋은 아줌마를 만나 참 다행이라고 생각했다. 또한 술이란 적당히 취하면 수면에도 도움이 됐다. 집에 온 것도, 샤워를 한 것도, 기억이 났는데 거실이 아닌 명우 옆에 누운 것은 정말 기억나지 않았다. 명우의 더운 입김이 목덜미를 간질였고 내 가슴을 더듬는 손길에 잠이 깼다. 거실에 누웠다가 보일러를 아직 가동하지 않아 추웠던 모양이었다. 경민이 옆으로 눕는다는 게 명우 옆으로 잘못 간 것 같았다. 미명 속으로, 열린 거실 미닫이문 사이로, 내가 빠져나온 요와 이불이 그대로 있었다. 내가 깼다는 것을 알아 챈 명우가 급하게 입술을 뭉갰다. 그럴 생각이 아니었는데, 나는 입술을 열었다. 명우의 혀가 들어왔다. 경민이 깰까 봐 두려웠다. 명우를 밀치고 일어나 거실로 나왔다. 그리고 문을 닫았다. 가슴이 뛰었다. 그런데 잠시 후 거실 미닫이문이 조심히 열렸다. 내가 누워 있는 이불 속으로 명우가 들어왔다.

경민이 병원에서 정밀 검사를 받았다. 일곱 살 때 부모의 교통사고 이후 말을 잃었다고 내가 말했지만 신경외과 상담의는 실어증을 유발할 수 있는 다양한 원인 감별을 위해서 필수적인 검사부터 해야 한다고 했다. 뇌 CT를 찍고 MRI 검사를 받았다. 뇌의 기능적인 이상 유무를 판단하기 위해서는 뇌의 PET 검사도 필요하다고 했다. 뇌의 대사량을 측정하여 특정 뇌 부위의 기능이 감소되어 있는지 알아보고자 할 때 유용한 검사라고 했다. 검사 결과는 아무 문제가 없다고 나왔다.

상담의는 인지기능 검사를 해보자고 했다. 실어증의 양상 및 동반된 인지기능의 상태를 평가하기 위해 시행한다고 했다. 실어증의 유무, 종류, 뇌의 해당 부위의 이상 여부에서도 이상이 없었고, 어떤 대상이나 사실을 느낌으로 알고 분별하며 판단하는 능력, 즉 지식을 구성하는 모든 의식적 과정과 관련되어 있는 인지능력에서는 정상인 평균치보다 높게 나왔다.

검사 비용으로 뼈 빠지게 번 백오십만 원이 순식간에 사라졌다. 의료보험이 적용되는 항목은 한 가지도 없었다. 이상이 없다니 안심이라고 생각해도 화가 났다. 경민이 말을 다시 하게 하는 방법은 정말 없는 걸까? 나는 단지 경민이 일반적인 아이처럼만 되었으면 싶었다. 그 이상은 바라지도 않았다. 부모님의 사고? 이제 지난 일이었다. 더 솔직히 말하면 경민이라는 짐을 내게서 내려놓고 싶었다.

나는 고민하다가 치마에 블라우스를 입었다. 일을 하기에는 마땅치 않은 복장이었지만 그래도 명우 부모님께 인사를 드리는 자리인데…… 내가 하이힐을 신고 현관 전면거울에 이리저리 몸을 비춰보자 경민이 눈을 크게 떴다. 나는 웃고 손을 흔들며 집을 나섰다.

아줌마가 놀라며 물었다.

"너, 뭔 일 있냐?"

"오후에 약속이 있거든요. 잠깐, 한 시간만 나갔다 올게요."

하이힐은 불편했다. 주방에서만 신는 아줌마의 장화로 갈아 신었다. 옷도 아줌마의 옷으로 갈아입었다. 늦은 점심 손님이 빠지고 한가해졌다. 밥이 들어가지 않았다. 저녁 장사를 위해 파를 다듬었다. 그런데 명우에게서 연락이 없었다. 전화를 해볼까? 휴대폰을 들었다가 내려놓았다.

"너, 연애 하냐?"

"⋯⋯?"

"세상에 숨길 수 없는 게 세 가지가 있지. 하나는 가난이고, 두 번째는 재채기이고, 마지막은 연애하는 거거든. 요새 너 보면 혼자 실실 웃고 얼굴에 화색이 도는 것 같고 시도 때도 없이 핸드폰을 쳐다보고⋯⋯ 게다가 오늘 쫙 빼입고 온 것을 보면⋯⋯."

"아, 아니요⋯⋯ 연애는 무슨, 제가 그럴 팔자나 되겠어요."

나는 손사래를 치며 부정했지만 귀까지 빨개진 내 표정을 보고 아줌마는 콧방귀를 뀌었다.

"사랑! 좋지⋯⋯."

아줌마는 행주질하던 손길을 거두고 나를 물끄러미 쳐다보았다.

"경은아, 이런 말 하면 너 기분 나쁠 수도 있는데. 결혼은 둘이 좋다고 할 수 있는 게 아냐. 집안끼리라는 말이 왜 있겠어? 그 집이 대단하든 대단하지 않든, 너를 받아줄 수 있는 집인지 알아보고 정도 주고 몸도 줘라.”

나는 고개와 손을 젓고 그런 거 아니라고 했다. 하지만 아줌마가 말하는 게 어떤 뜻인지 이해할 수 있었다. 나는 명우에 대해 아는 게 없었다. 명우에 대해 뭔가를 알아야 한다는 게 갑자기 불안했고 겁이 났다. 명우가 부모님께 인사를 드리자고 했을 때 거절하지 않은 게 후회가 됐다. 가슴이 뛰기 시작했다. 크게 숨을 들이마셨다가 내쉬기를 반복해도 소용이 없었다. 결국 소주병을 손님에게 건네주다가 놓쳐서 깨트리고 말았다. 울상을 짓는 내게 손님이 괜찮다고 오히려 나를 안심시켰다. 아줌마는 그런 나를 보고 한숨을 푸욱 내쉬었다.

저녁 장사까지 마쳤는데 휴대폰이 울리지 않았다. 앞치마를 벗고 옷을 갈아입었다. 하이힐을 갈아 신는데 아줌마가 말했다.

“너, 오늘 약속 있다고 하지 않았어?”

네, 라고 말하려는데 눈물이 핑 돌았다. 고개를 숙이고 가방을 챙겨 들었다. 그때, 문이 열렸다.

“장사 끝났어요.”

아줌마가 앞치마를 벗으며 말했다.

“야, 네가 어쩐 일이야?”

고개를 들었다. 그곳에 명우가 서 있었다.

순댓국집 아줌마가, 아니 명우 엄마가 아침 일찍 찾아왔다. 어디 좀 가자고 했다. 나를 데려간 곳은 단독주택이 이어진 좁은 골목길에 위치한 산부인과였다. 나는 간판을 보고 멈칫하며 아줌마! 소리치듯 부르고 뒤로 한 발 물러났다.

"너, 애 가졌지? 몰라? 이런 병신……."

나는 고개를 흔들며 뒷걸음질 쳤다. 아줌마가 내 팔을 움켜잡고 끌었다. 설마? 아니야. 만약, 그렇다면, 어떻게 하지? 바람 부는 날 허공을 헤매는 검정 봉지처럼 머릿속이 뱅그르르 돌았다. 심장은 터질 듯 뛰었다. 몸에 붙은 불을 털어내듯 아줌마의 팔을 매몰차게 뿌리치며 소리를 질렀다.

"아니에요! 나, 저번 달에도 생리했단 말이에요 아줌마가 어떻게 알아요?"

"그으래? 참 다행이네. 여튼, 한번 들어가 보자!"

아줌마가 다시 내 팔목을 움켜잡았다. 몸에서 쑤욱 힘이 빠져 나갔다. 아까와는 달리 옴짝달싹할 수 없었다. 문 여는 소리에 아줌마만큼 나이가 많은 흰 가운을 입은 여자가 진료실에서 나왔다.

"내 딸인데……."

나이 많은 간호조무사가 알만하다는 듯 고개를 끄덕였다. 잠깐만 기다리라고 하고선 종이컵 하나를 주며 소변을 받아오라고 말했다.

도망치고 싶었다. 하지만 화장실 창문은 내 머리도 빠져나갈 수 없을 정도로 작았다. 변기 칸으로 들어서는데 손이 달달 떨렸다. 그제야 신김치로만 밥을 먹었던 날이 여러 날 됐다는 걸 알았다.

　내가 눈을 떴을 때, 흰 바탕에 사각의 푸른 격자무늬가 규칙을 이루고 있는 천장이 보였다. 여기가 어딜까? 링거 줄이 내 팔뚝과 이어져 있었고 수액이 한 방울씩 천천히 떨어지고 있었다. 어떤 고통을 느낄 새도 없었다. 그 순간은 아주 짧았다. 더운 물을 한 잔 마신 것처럼 가슴이 뜨거워졌고, 그 뜨거운 기운이 내 온몸으로 퍼지는 사이, 잠이 들었다. 그리고 내 몸에 무슨 일이 일어난 것인지 알 수 없었다. 정신이 들었을 때는 아무도 없었고 작은 흰 방에 혼자 누워 있었다. 천장 벽지는 도배를 한 지 얼마 안 된 듯했다. 그런데 창가와 천장 구석이 까맣고 누렇게 곰팡이가 피어 있었다. 누운 채로 고개를 이리저리 돌렸다. 기다렸던 아이를 힘들게 낳아 주위 사람들과 식구들에게 축하를 받는, 그런 산모들의 방이 아니었다. 어떤 여자들이 이곳을 거쳐 갔을까. 나처럼 혼자 누워 있는 여자들은 어떤 사연들이 있었을까. 링거의 바늘을 꽂지 않은 오른손으로 밑을 조심히 더듬었다. 뭐가 달라졌는지 알 수 없었다. 그런데 가슴 밑바닥부터 뜨거운 것이 밀고 올라왔다. 마치 기다렸다는 듯이, 그 고통을 느껴보라는 듯이. 왈칵 눈물이 쏟아졌다. 서러웠고, 외로웠고, 억울했다. 존중받지 못하고 무시당했다는 절망감 때문이었다. 나를 딸 같다고 말하던, 딸이었으면 좋겠다고 말하던 아줌마. 내가 정말 딸이었어도 이렇게 했을까. 나를 따스하게 보듬어주었던, 그 품에 안겨 울면서 그래도 세상은 살만하구나, 느꼈던 것에 대한 배신감. 한 생명이 내게 찾아 왔으나 그것에 대한 어떠한 느낌이나 감정도 깨닫지 못했다. 입을 한 손으로 틀어막아도 눈물과 함께 신음소리가 터져 나왔다. 그렇게 얼마나 울었는지, 얼마나 시간이 흘렀는지, 알수 없었다. 밖에서 슬리퍼 끄는 소리가 났고 벌컥 문이 열렸다.

"뭐가, 그렇게 서러워! 요즘 것들은 어째 생각이 없는지."

늙은 간호조무사가 혀를 차며 눈을 흘겼다. 나는 일어나 앉으며 링거 바늘을 빼달라고 했다.

"영양제니까 다 맞지 그래. 아직 반이나 남았는데."

간호조무사가 방으로 들어와 바늘을 빼며 말했다.

"집으로 가지 말고 식당으로 오라고 하던데."

늙은 간호조무사는 주머니에서 택시비라며 만 원을 꺼내주고 머리맡에 있는 약봉지를 챙겨가라고 했다.

"당분간은 하면 안 되는 거 알지? 소변보면서 밑에 있는 솜뭉치는 그냥 빼서 버리면 돼. 혹시 출혈이 멎지 않으면 당장 병원으로 찾아오고."

나는 식당으로 가지 않고 집으로 왔다. 경민이 내 몰골을 보고 왜 그러냐고 물었다. 나는 좀 피곤해서 그렇다며 이불을 펴고 누웠다.

개강을 했지만 학교에 가지 않았다. 생각하면 서럽고 억울했다. 경민이 때문에 울 수도 없었다. 밤이 돼서야 이불을 뒤집어쓰고 손수건을 입에 물고 울었다. 명우는 전화를 걸었고 집으로 찾아왔다.

"이유가 뭔데?"

방범걸이에 걸린 현관문을 명우가 손으로 붙잡고 밖에서 물었다.

"이유 같은 건 없어! 그냥 싫어! 이제 네가 싫다고!"

경민이 하얗게 질린 눈으로 내 눈치만 보았다. 명우는 경민에게 빨리 문을 열라고 했다. 하지만 내 서슬에 울먹이며 움직이지 않았다. 정말 명우가 이러지 않았으면 싶었다. 현기증이 났다. 식탁을 짚고 의자에 엉덩이를 걸쳤다. 잠깐 방심한 사이, 경민이 잠금쇠를 풀어버렸다. 명우가 물었다.

"학교는 왜 안 나오는데?"

경민이 내게 다가와 목울음 소리로 나를 흔들었다. 왜, 명우 형을 못 오게 하냐고 성내고 있었다. 나는 경민을 밀치고 밖으로 나가기 위해 슬리퍼에 발을 꿰었다. 명우가 내 팔을 붙잡았다.

"내가, 내가 갈게. 내가 가겠다고!"

경민이 명우의 허리를 붙들고 도리질을 했다. 명우가 경민에게 말했다.

"누나가 단단히 화가 났나 봐."

경민은 누나에게 잘못했다고 어서 빌라고 손으로 빠르게 말했다. 명우가 경민의 머리를 쓰다듬었다.

"네 누나가 내 사과를 안 받아주네."

경민은 그 말을 이해하지 못했다. 도리질을 하며 내 등을 밀었다. 명우가 무릎을 꿇었다. 경민을 세게 안았다가 놓고 눈높이를 맞췄다.

"경민아, 이제 형, 여기 못 오겠다!"

경민의 눈빛이 불안하게 흔들렸다. 천천히 도리질을 했다. 안
돼! 형, 싫어! 두서없이 손이 움직였다. 점점 목울음 소리가 커졌다.
명우의 어깨를 붙잡았다. 그러고는 반복했다. 나는 더 이상 참지 못
하고 소리를 질렀다.

"이경민, 그러지 마!"

경민이 다시 명우에게 손짓을 반복했다. 호흡이 빨라졌고 울음
소리도 점점 커졌다. 싫어! 안 돼! 명우의 팔을 붙잡고 흔들었다.
명우가 일어났다. 경민이 명우의 허리를 꽉 끌어안았다. 발을 구르
며 울부짖었다. 명우가 경민을 떼어내고 현관을 빠져나갔다. 경민
이 뛰어나가려고 했다. 내가 경민을 꽉 붙들었다. 셔츠 단추가 후드
득 떨어져 바닥으로 굴렀고 앙상한 어깨가 드러났다.

"혀어엉, 가아지이마아!"

경민의 목소리였다. 명우가 멈칫 서서 돌아봤다. 하지만 그대로
달려갔다.

흔적 찾기 2

경민이 의도적으로 한글파일을 모두 없앤 이유부터 생각해보기로 했다. 그러니까 없앤 작품 속에 무슨 단서가 있지 않을까? 방학 중인 걸 알면서도 문예창작학과로 전화를 걸었다. 정수나 교수는 연구실에 나와 있었다. 그녀는 이유도 묻지 않고 흔쾌히 찾아오라고 했다.

십이 년이 지난 동남대학교는 많이 변해 있었다. 학교를 빙 둘러쳐져 있던 벽돌담이 없어졌고 돌과 나무를 이용해 경계표시만 되어 있었다. 한눈에 널찍한 캠퍼스가 들어왔다. 몇 년 전부터 관공서와 학교 등이 담장을 허물고 체육시설과 도서관 등을 보완하여 주민들도 이용할 수 있도록 환경개선사업을 벌이고 있었다. 그래서 청운여고도 작년에 담장 대신 꽃길을 조성했다. 동남대학교는 새 건물들이 많이 들어서 있었다. 중앙도서관이 낡아서 퀴퀴한 냄새가 나고 화장실은 몹시 지저분했었다. 꼭 대출할 책이 있지 않으면 가지 않던 대표적인 곳이었다. 구 층 높이로 새로 세워졌고 전면이 햇빛에 반사되어 빛을 일으키고 있었다. 야구선수들이 늘 연습을 하던 운동장은 겨울이라 비어 있었다. 사회대를 지나 왼쪽 인문대로 찾아 들어갔다.

매점에서 비타오백을 한 박스 샀다. 삼 층 정수나 교수 연구실로 올라갔다.

"아, 미안해요. 하도 많은 학생들을 만나니까. 전공 학생이 아니면 기억을 못 해요."

나는 혹시나 해서 처음부터 경민이 말을 꺼내기가 그래서, 내 이름만 댔던 것인데 전혀 기억하지 못했다. 정수나 교수도 흰머리가 희끗희끗했고 허리가 비대해져 있었다.

"커피 한 잔 하겠어요?"

나는 매점에서 사온 비타오백 박스를 탁자 위에 올려놓았다.

"고마워요. 그런데 지금 나는 커피가 마시고 싶거든요. 내가 커피를 좀 갈 줄 아는데 같이 드실래요?"

"네에, 주시면 감사히 마시겠습니다."

정수나 교수가 커피를 준비하는 사이 연구실을 둘러보았다. 그때나 지금이나 교수연구실은 별반 달라진 게 없었다. 양쪽 벽면 책장으로 전공서적과 일반서적이 빼곡히 꽂혀 있었고 손님 접대용 탁자와 검정색 가죽소파가 중앙에 자리를 차지하고 있었다. 양란

188

화분 두 개는 널찍한 책상 위에, 창 밑에는 커다란 산세베리아와 고무나무가 있었다. 당시는 난로가 따로 있었는데 지금은 천장 위에서 따뜻한 바람이 쏟아지고 있었다. 정수나 교수는 소설가로서 활동은 뜸했다. 재작년에 수필집을 한 권 출간했고 소설창작이론서를 냈다. 수필집이라도 사왔어야 했다는 생각이 들었다. 아니 경민이 책장 속에 꽂혀 있던 소설책이라도 가지고 올 걸. 지금은 물론 박스 속에 들어가 있지만. 엄마가 좋아했던 작가였다는 말은 안 하는 게 나을 것 같았다. 커피 향이 연구실 안으로 가득 퍼졌다. 커피잔을 내밀며 정수나 교수가 물었다.

"음…… 나를 찾아 온 이유가 뭐예요? 내 독자인 거 같지는 않은데. 그렇다고……."

나는 뜨거운 커피를 한 모금 마시고 잔을 가만히 내려놓았다.

"저, 제가 경민이…… 이경민이 누나예요."

아, 이런! 정수나 교수가 짧게 탄식을 뱉고 머그잔을 나처럼 가만히 내려놓았다. 그러고는 정말일까? 눈으로 나를 살폈다.

"저는 아빠를 닮았고 우리 경민이는 엄마를 닮았어요."

"아니에요, 눈이 닮았어요. 크고 맑고 까맸어요. 굉장히 총명해 보이는 눈이에요. 뭐랄까? 건성으로 보면 모르는데 자세히 들여다 보면 어떤 기, 기운이 흘렀어요. 사람을 끌어당기는 기운이라고 해야 할까? 아까 이름이?"

"이경은입니다."

"경은 씨도 그래요. 남매가 그러네요."

정수나 교수가 머그잔을 들고 커피를 마셨다.

"아, 기억나요! 혹시…… 남학생과 단둘이 한 조로 수업을 듣지 않았나요? 아주 오래전에…… 아마, 사범대 교양수업이었던 것 같은데……."

"아, 예……."

"맞다! 기억난다. 내가 좀 총기가 있어요. 눈! 눈, 얘기를 하니까, 기억나네. 내가 경민이 눈을 보고 떠올렸던 게 그 남학생이었어요. 물론 이름은 기억나지 않는데. 맞아. 셋이 닮았어요. 눈이……."

처음 듣는 이야기였다. 경민과 나는 그렇다고 쳐도 명우의 눈이 우리 남매와 닮았다는 말은. 하지만 거짓은 아닌 것 같았다. 오래전 일을 기억해내는 것을 보면. 나는 어정쩡하게 웃었다.

정수나 교수가 처음부터 경민의 눈을 자세히 본 건 아니라고 했다. 「눈」이라는 습작품을 읽은 후라고 말했다. 사람이 살다 보면 이상하게 신기神氣 같은 게 생기기도 한다며 종교가 뭐냐고 물었다.

"불교예요."

"그럼, 좀 편하게 말해도 되겠네요."

정수나 교수는 머그잔을 탁자에 놓고 담배에 불을 붙이려다 나를 보았다. 나는 괜찮다고 고개를 끄덕였다.

"방학이나 했으니까 연구실에서 이렇게 담배를 피우지, 학기 중에는 어림도 없어요. 하루아침에 우리는 범법자가 됐어요. 그렇다고 쪽문 난간에서 피울 수도 없고…….”

담배에 불을 붙이고 깊게 빨고 고개를 외로 틀고 뱉었다. 니코틴 냄새를 맡으니 나도 피우고 싶었다. 들고 있던 커피를 한 모금 마셨다.

“경민이 작품은 뭐라고 해야 할까…… 좀 불편했어요.”

일곱 살 남자아이가 주인공인데 이 아이는 어떠한 사건으로 말을 잃는다. 말을 잃는 대신 상대방의 눈을 응시하면 그 마음을 읽는 능력이 있다. 초능력과는 다른 것이다. 말을 못하는 이 아이와는 아무도 눈을 맞추려는 사람이 없다. 눈이 아주 까맣고 고요하고 그윽해서 그 아이의 눈을 바라보고 있으면 블랙홀로 빨려 들어가는 느낌 때문이다. 그 아이 또한 상대방의 악한 마음을 읽게 되므로 다른 이와 눈을 맞추지 않는다. 겉으로는 착한 척, 선한 인간인 척하지만 속은 자신을 깔보고 무시하고 이용하려는 마음을 읽기 때문이다. 그렇다 보니 외톨이가 된다.

어느덧 청년으로 성장한다. 한 아가씨를 만나고 사랑에 빠진다. 하지만 여자의 마음은 읽을 수가 없다. 여자의 마음만 읽을 수 없는 게 아니라 다른 이의 마음도 읽을 수 없게 된 것이다. 그리고 말을 되찾게 된다. 주인공은 말을 하게 되자 자신이 정상인들과 같아졌다고 느낀다. 누구보다도 의욕적으로 삶을 살아간다. 하지만 시간이 지날수록 말이 중요한 게 아니라 사람의 마음을 읽는 일이 더 중요하다고 깨닫게 된다. 그 사실을 알게 된 여자가 묻는다. 다시 예전으로 돌아가고 싶으냐고. 주인공은 고개를 끄덕인다. 여자는 일곱 살 때 주인공이 말을 잃게 되고 상대방 눈을 읽는 능력을 얻은, 그때의 사건을 기억하느냐고 묻는다. 주인공은 기억이 나지 않는다고 말한다. 여자는 그 일을 다시 겪어야 하는데, 그래도 괜찮겠느냐고 묻는다. 주인공은 어떤 사건인지 기억을 못 하기 때문에 상관없다고 한다. 여자는 기억을 되찾기 위해서는 자신이 가지고 있는 검은 천으로 청년의 눈을 가려야 한다고 한다. 하지만 중간에 가린 천을 벗으면 안 된다고, 만약 그러면 청년의 눈이 파열될 거라고 한다. 그러나 청년은 고개를 끄덕인다. 여자는 다시 묻는다. 어쩌면 당신은 후회할지도 모른다. 또한 기억을 되찾으면 나를 사랑하지 않을 수도 있다고. 그래도 과거로 돌아가고 싶으냐고. 주인공은 고개를 끄덕인다. 마침내 여자가 청년의 눈을 검은 천으로 가린다. 어떤 한 장면이 펼쳐진다. 청년은 그 장면과 만나는 순간…….

정수나 교수가 거기서 말을 끊고 담배를 깊게 빨았다. 나는 머그잔을 들고만 있었다. 커피를 더는 마실 수도 그렇다고 탁자에 내려놓을 수도 없었다.

"지금 내가 줄거리만 대충 이야기하니까 그렇지, 실제 작품은 굉장히 몽환적이면서 섬뜩했어요. 경민이는 필력이 아주 뛰어난 예비 작가였어요. 특히 묘사가 훌륭했어요. 오랜 시간 혼자 습작했다는 걸 알고 아, 그렇구나 했어요."

나는 그제야 한숨을 내쉬며 머그잔을 내려놓고 물었다.

"아주 끔찍한 장면이라는 게, 뭐예요?"

"그건 나도 몰라요. 마무리를 하지 않았다고 했거든요. 의도적이었다고 생각돼요."

"그런데, 교수님! 이야기만 들으면 동화 같다는 생각이 들뿐이지 잘 쓴 소설 같지는 않은데요."

"줄거리만 보면 그래요. 그때도 다른 학생들이 잔혹동화냐 뭐냐 하면서 합평 때 칼질을 해댔죠. 그런데 실제로 읽어보면 아니에요. 물론 묘사가 뒷받침되니까 가능한 일이죠."

경민이 습작품을 합평 받고 두각을 나타낸 것은 이학년이 되고서라고 했다. 원래 성격대로 눈에 띄지 않는 학생이었다고. 그런데 질문을 던지면 즉 수업을 해보면 한눈에 파악이 된다고 했다. 일, 이학년들의 소설이라는 게 빤하다고 했다. 문장도 엉터리고 서사도 없는, 막무가내 습작품을 봐달라고 들이밀어 참 괴롭다고 했다. 그 애들의 의욕과 열정을 모르는 것은 아닌데 사실 소설이라는 게 하루아침에 되는 일이 아니라고 했다. 그래서 잘 들여다보지 않는다고 했다. 나는 그때야 내 직업이 국어선생이고 엄마가 소설가가 되기를 원했었고 특히 정수나 작가의 작품을 좋아했다고 말했다. 정수나 교수가 웃으며 말했다.

"부끄럽군요."

나는 그런 뜻으로 한 말이 아니라고 사실은 나도 소설을 습작하고 있다고 했다. 정수나 교수가 고개를 끄덕이며 그럼 최초의 문우는 누나였겠군요, 라고 말했다. 나는 대답을 않고 식어 있는 커피를 마셨다. 그 말은 부끄러웠다.

"낭중지추라는 말 알죠?"

"주머니에 송곳을 넣어두면 뚫고 나온다는 말이죠?"

"맞아요. 재능이 빼어나면 숨어 있어도 저절로 드러난다는 뜻이죠."

정수나 교수는 경민이 작품 보는 눈이 탁월했고 분석력도 아주 뛰어났다고 했다. 물론 또래 학생보다 나이가 많았던 것도 한몫했겠지만 기초가 탄탄한 학생이라는 것을 단박에 알았다고 했다.

"특히 합평을 할 때 내가 놓치고 가는 부분도 잘 짚어냈기 때문에 아이들은 당연히 좋아하지 않았죠. 자신의 작품을 칼질해대는 문우를 누가 좋아하겠어요. 물론 그런 안목을 가진 문우가 있다는 게 아주 중요한데 대부분 아이들은 그렇지 않죠. 이런 말을 하는 게 좀 그렇지만, 경민이가 내 작품을 별로 좋아하지 않았으리라 생각해요. 물론 초기 작품은 그렇지 않지만 교수라는 자리에 있으면서 제대로 된 작품을 쓰지 못했어요. 핑계 같지만 일이 너무 많아요. 지금 단편이라도 한 편 써보려고 연구실에 나와 있는데 잘 안 되네요."

나는 경민의 책장에 교수님의 장편소설이 꽂혀 있었다고 말했다.

"그러니까요. 그 작품을 읽었다면 나한테 실망하지 않았을까 싶어요."

정수나 교수가 담배를 재떨이에 비벼 끄고 식어버린 머그잔을 들었다가 잔을 도로 내려놓으며 말을 이었다.

"그래서 이 녀석은 졸업 전에 등단하겠구나, 했어요. 오랜만에

지도교수 체면 좀 세워주겠다 싶었는데······."

거기서 또 말을 끊었다. 머그잔을 들어 손바닥으로 감쌌다. 갑자기 딴생각에 빠진 듯한 표정으로 있었다. 앞에 누가 있든 상관 않고 자신의 세계에 몰입해 들어가는 모습이 굉장히 매력적으로 보였다. 그대로 머그잔을 감싸 쥔 채 말했다.

"그런데, 경민이와 분위기가 비슷한 여학생이 있었어요. 누군지 알죠?"

"미나? 신미나 말이죠?"

맞아요, 라며 갑자기 생각난 듯 내게 물었다.

"커피 한 잔 더 하겠어요?"

나는 고개를 끄덕였다. 정수나 교수는 내 머그잔을 가져가 잔을 채우며 말했다.

"미나도 또래 학생들에 비해 뛰어난 학생이었어요. 작품의 분위기가 경민과 비슷했어요. 둘이 사귄다는 말을 듣고 그럴 만하다고 생각했어요."

커피를 채운 머그잔을 내게 내밀며 말했다.

"소설창작세미나 수업이었어요. 과제로 단편소설을 써서 모두 제출하라고, 학점은 그 작품으로 평가하겠다고 했어요. 그리고 내가 맡고 있는 글나들이 동아리 학생들은 종강하고 그 작품으로 합평을 해주겠다고 했죠. 그런데 재미있는 게, 물론 이 표현이 맞는지는 모르겠어요. 미나가 제출한 작품 이름도 「눈」이었고 분위기도 굉장히 비슷했어요. 마치 경민의 작품을 표절한 것 같았어요. 둘 다 과제로 제출한 작품이니까 공개를 하지 않았지만 둘이 친하니까, 미나가 경민이를 좋아하니까. 아, 내가 보기에는 미나가 경민이를 더 좋아했어요. 오빠, 오빠하면서 졸졸 따라 다녔거든요. 그리고 경민이가 원래 과묵한 편이고 분위기가 좀 멋졌죠. 남학생들은 똥 폼 잡는다고 안 좋아했지만. 미안해요. 내가 좀 거르지 않고 말하는 편이라서. 어쨌든 시니컬하고 염세적인 분위기를 풍겼기 때문에 여학생들한테 인기가 좀 있었어요. 미나가 경민이를 작품의 선배로 생각하니까, 작품을 읽고 그 영감으로 오마주했나? 그런 생각을 했어요."

미나의 작품은 다섯 살 여자아이가 주인공이었다. 남자아이가 여자아이의 눈을 가리는 것으로 시작한다. 남자아이가 여자아이의 눈을 가린 것은 그 무엇을 보지 못하게 하기 위한 것이다. 여자아이는 눈으로는 그것을 보지 못하지만 남자아이의 떨리는 손의 감각과 숨소리와 흐느낌으로 끔찍한 일이라는 걸 느낀다. 하지만 여자아이는 그 일을 겪은 후 환각 증세를 겪는다. 환각 증세는 무당집으로 묘사되고 무녀의 딸로 다시 태어난다. 경민과 미나, 무엇인가를 본다는 것, 목격한다는 것이 주제였다.

"추리적 기법이라 읽는 재미가 있었어요."

정수나 교수는 커피를 연거푸 마셨다. 갈증이 난다는 듯이.

"그런데 작품의 주제를 드러내는 인과관계가 없었어요. 짜깁기

한 것처럼 이야기의 맥락이 자연스럽지 못했어요. 나는 그런 기법을 프랑켄슈타인 서사라고 해요. 콜라주 기법이라고 하면 이해가 쉬울까요?"

프랑켄슈타인 서사? 콜라주 기법? 나는 속으로 따라 해봤다.

"아직은 미숙해 주제가 일관성 있게 잘 드러나지 못해서 그렇다고 할 수 있지만 미나도 뛰어난 예비 작가였어요."

경민이 미나를 말할 때 여자 친구를 사귀게 되었다고 말하지 않고 마음에 맞는 최고의 문우를 만났다고 했던 말이 생각났다. 나는 그래서 고개를 끄덕였다.

"그런데 여자아이의 꿈 장면 중에서 파란색 수영복을 입은 남자아이와 분홍색 수영모와 수영복을 입은 여자아이가 바닷가에서 모래성을 쌓고 노는 장면이 있어요. 여자아이가 꽃게에 물려 울자 남자아이가 달래려고 소라를 주워서 주는 장면이 있고요. 이 장면은 경민이 작품에도 그대로 나와요. 그래서 미나가 확실히 경민의 작품을 표절했구나 생각했어요."

종강을 하고 동아리 학생들과 수련원으로 워크숍을 떠났다. 정수나 교수는 합평할 작품을 챙겨갔다. 그런데 아무래도 미나의 작품을 합평하면 경민의 작품을 표절했다는 말이 나올 것 같고 분위기가 좋지 않을 것 같아 조교에게 작품을 나눠주지 말라고 했다. 그리고 미나를 불렀다.

"신미나, 네 작품은 합평에서 뺄 거야! 이유는 내가 말하지 않아도 알지?"

미나의 얼굴이 붉어졌다.

"제 작품이 그렇게 형편없나요? 정말로 쓰고 싶었던 이야기인데……"

정수나 교수는 더 이상 말 돌리기가 싫어 곧바로 물었다.

"네가 아무리 이경민과 친하지만 작품을 표절하는 건 안 돼!"

"네? 제가 경민 오빠 작품을 표절했다고요?"

정수나 교수는 미나에게 경민의 작품을 보여주었다. 이래도 발뺌할 거냐고 물으며. 작품을 받아 읽은 미나의 표정이 점점 바뀌더니 한순간 일그러졌다. 정수나 교수는 애가 연기도 잘하네. 생각했다가 거짓 표정이 아니라는 생각에 다시 물었다.

"정말, 읽지 않았어? 표절한 게 아니야?"

미나가 네에, 라고 했다가 아니오, 읽었어요. 갑자기 말을 바꿨다. 정수나 교수는 괘씸한 생각도 들었지만 습작기 때는 그럴 수 있다는 생각에 더 이상은 나무라지 않고 돌아가라고 했다. 그런데 미나가 돌아섰다가 다시 되돌아섰다. 그러고는 교수에게 물었다.

"저, 교수님. 제 작품, 혹시 경민 오빠한테 보여줬어요?"

"아니. 왜? 걱정 돼?"

미나가 고개를 느리게 끄덕였다. 그러고는 바짝 다가와서는 손을 붙잡고 말했다.

"교수님, 제 작품 절대 경민 오빠한테 보여주지 마세요. 부탁드

려요."

정수나 교수는 좀 당황스러웠다. 경민이 알까 봐 전전긍긍하는 모습에 걱정이 되긴 하나 보다고 생각했다. 앞으로는 그런 행동은 하지 말라고 다시 한번 따끔하게 말했다. 그러고는 조교를 불러 합평 때 미나 작품은 빼라고 일렀다.

나는 참지 못하고 물었다.

"교수님, 그럼 경민이는 미나의 작품을 읽지 않았다는 건가요?"

"아뇨, 읽었을 거예요. 조교 녀석이 입이 싼 편이거든요. 아까도 말했지만 미나가 내내 우울해 하고 있으니까 경민이가 신경을 곤두세우고 있었어요. 게다가 미나의 작품은 합평을 안 했으니까요."

경민이 정수나 교수에게 찾아와 왜, 미나 작품은 합평에서 빠진 거냐고 물었다. 교수는 작품이 형편없어서 실망했다고 둘러댔다. 하지만 조교에게 미나의 작품을 받아서 읽었을 거라고 했다.

"왜냐하면 워크숍을 마친 아침에 둘의 모습이 아주 끔찍하게 변해 있었거든요."

나도 모르게 들고 있던 머그잔을 놓치고 말았다. 탁자에 머그잔이 부딪치며 바닥으로 떨어져 손잡이가 떨어졌다.

"괜찮아요?"

정수나 교수가 짧게 물었다.

"그 작품을 혹시 갖고 계시나요?"

"아뇨, 파일로 받은 게 아니라 프린트 물로 받았거든요."

"그 작품을 가지고 있을 만한 학생이 없을까요?"

"글쎄요. 경민이 노트북에 없을까요?"

"아뇨, 없어요. 일 년 전, 그러니까 올해 쓴 글이나 작품은 모두 삭제해버렸어요."

"왜요?"

"자알, 모르겠어요."

"의도적인가요?"

"그런 것 같아요."

"그럼, 그때 작품이…… 혹시, 그 살인사건과 관련이 있다는 말인가요?"

"아마도요."

"하, 이런…… 그러니까, 표절이나 작품의 완성도, 그런 것 때문에 서로 싸웠던 게 아니라는 말인 거죠, 지금."

"네에, 교수님."

"세상에, 뭔가 있는 거죠?"

이번에는 대답을 못하고 고개만 끄덕였다.

"잠깐만 기다려봐요!"

정수나 교수는 휴대폰을 들고 어딘가로 전화를 걸었다. 나는 손을 깍지 끼고 힘을 줬다. 그러나 전화를 끊는 정수나 교수의 얼굴이 좋지 않았다.

"미안해요, 없대요."

200

동남교도소

다리가 후들거리고 식은땀이 났다. 어제도 한잠 못 잤다. 강의 날이 다가오자 긴장되어 잠을 잘 수가 없었다. 초임 교사 때도 덤덤하게 수업을 했다. 학부모 공개수업을 할 때도 마찬가지였다. 그런데 이번에는 달랐다. 알코올의 도움을 받으면 안 된다는 생각에 어떻게든 버텨보려니 담배만 늘었다. 찬물을 마셔도 입안에 떫은 느낌은 가시지 않았다. 박하향 치약으로 두 번이나 양치질을 했다. 화장을 하려고 거울 앞에 앉았다. 눈가의 주름이 깊었고 다크서클이 짙었다. 메이크업베이스로 여러 번 눌러도 소용 없었다. 무엇을 입을까? 너무 어두워 보여도 좋지 않을 것 같았고 화사해도 안 될 것 같았다. 그럼 갈색이 나을까? 아니면 연회색?

산에는 연초록의 새싹들이 돋아나고 있었다. 아파트 화단과 공원에도 산수유와 목련이 피어 어딜 가나 봄이었다. 아파트 베란다에는 겨우내 이불과 옷들을 세탁하여 말리느라 창밖으로 형형색색의 빨랫감들이 빼곡했다. 진달래와 개나리도 서둘러 피어나고 있었다.

연회색 바지 정장을 입고 분홍색과 노란색이 줄무늬로 들어가 있는 실크스카프를 둘렀다. 엘리베이터를 타고 지하주차장으로 내려가 흰색 마티즈에 앉아 시동을 걸었다. 내비에 동남 천사요양원이라고 입력했다. 동남교도소는 검색되지 않으니 동남 천사요양원을 입력하라고 명우가 말했다.

운전면허증을 취득하고 차를 구입하는 데 한 달이면 되었다. 그동안은 차가 필요치 않았다. 학교가 집과 가까웠고 대중교통을 이용하는 것에 익숙했다. 불편하다는 생각을 못 했다. 동남교도소는 외곽에 위치해 있었다. 아파트에서 곧바로 가는 버스도 없었고 약촌오거리에서 갈아타야 했다. 택시를 이용하기에는 교통비가 만만치 않았다. 그리고 대중교통을 이용해 교도소에 가는 일이 내키지 않았다. 명우가 자가용이 없으면 교도소를 왕복하는 일이 쉽지 않을 거라고 했다. 운전을 배우고 자가용을 마련했다.

아침에 눈뜨면 출근하고 온종일 학교에서 시간을 보내다가 여섯 시나 일곱 시가 돼서야 퇴근하던 생활을 십 년 넘게 했다. 모처럼 찾아온 평범한 일상이 무료했다. 방학이 너무 짧다고 투덜거리며 늦잠을 자고 빈둥거리던 그때하고는 시간이 완전히 다르게 인식됐다. 문득 명퇴한 선생들이 몇 달 만에 폭삭 늙는 이유를 알 것 같았

다. 경민의 물건을 담아 둔 박스를 뜯고 라디오를 꺼냈다. 콘센트에
연결하자마자 피아노 소리가 흘러나왔다. 경민이 고정해놓고 듣던
클래식 방송이었다. 가장 무료하게 느껴지던 오후 두 시에서 네 시
가 다르게 느껴졌다. 부드러운 저음의 MC는 곡이나 음반 소개 외
에는 멘트를 거의 하지 않았다. 마치 한 장의 음반을 걸어둔 것처럼
이삼십 분 동안 클래식 연주음악으로만 이어졌다. 경민이 도서관
에 갔다가 두 시면 집에 돌아와 늦은 점심을 먹으며 음악을 들었을
모습이 그려졌다. 다음 날부터 나도 두 시에 점심을 먹으며 클래식
음악을 듣고 커피를 진하게 내려 마시며 베란다에 앉아 시간을 보
냈다.

"아, 좋다!"

이 말이 너무 흔해서 다른 표현을 생각해봤지만 미사어구가 군
더더기 같았다. 몸은 나른하게 이완됐지만 머리는 음악에 압도되
어 청량해졌다. 느리고 빠른 현악 사중주 연주도 그랬고 광활한 초
원을 연상시키는 클라리넷 연주도 마찬가지였다. 피아노 연주는
나를 꼼짝 못하게 했다. 음악은 가슴으로 들어야 한다는 경민의 말
이 거짓이 아니었다. MC가 말하는 음악의 연주자와 작곡가 이름을
노트에 적어보기도 하고 제목을 적다가 놓치기도 했다. 나는 느리
게 시간을 보내는 방법을 조금씩 배우고 있었다.

"이런 삶도 나쁘지 않구나."

여유 있는 삶을 방해하는 일상적인 삶을 거부한 경민이 비로소

조금 이해가 됐다.

나도 봄을 만끽하러 밖으로 나왔다. 아파트 건너에 있는 시민공원까지 갔다. 벤치에 앉아 휴대폰에 이어폰을 꽂고 음악을 들었다. 얼굴을 커다란 모자로 가리고도 모자라 헝겊으로 덮고, 삼삼오오 운동을 하는 아줌마들이 있었다. 그녀들은 팔을 앞뒤로 흔들며 뭐라 말했고 그것에 반응을 보이기 위해 크게 웃었다. 나는 그녀들을 물끄러미 쳐다보았다. 잠시 후 저 여자 뭐야? 눈빛이 단체로 쏟아졌다. 혼자 벤치에 앉아 멍하니 있는 저 여자, 혹시 정신이상자 아니니? 자신들의 삶 속에 끼지 못하는 나를 흉보고 있었다. 나도 그런 체재와 사회 속에 섞이지 못하고 아웃사이더로 살면서도, 경민이 아웃사이더인 것에 늘 안타까워했고 들볶았다. 경민은 사람과의 소통을 원했던 게 아니라 자기 내면과 간절한 소통을 바랐던 게 아닐까? 그것이 부모의 사고라는 아픔에서 벗어나는 일이라고, 그 이야기를 소설로 완성하는 일이 트라우마에서 벗어날 수 있는 일이라고 생각했으며, 마지막 도착지점에 다 왔다고 생각했을 것이다. 그런데 그 도착지점에 미나가 있을 줄은 몰랐다. 블라인드만 걷으면 되는데 미나 때문에 걷을 수 없었던 것이다. 도대체 미나라는 아이는 누구일까? 신미나라는 아이가 누구란 말인가?

"블라인드……."

경민의 작품에도 미나의 작품에도 눈을 가린, 그 너머의 끔찍한 일이란 무엇인지가 빠져 있었다. 하지만 짐작할 수 있었다. 십팔 년 전, 부모님이 돌아가신 그날, 경민과 미나는 함께 있었고 일곱 살의 경민이 다섯 살 미나의 눈을 가려 보호했다. 그 후, 경민은 실어증에 걸렸고 미나는 무병을 앓듯 아팠다. 정수나 교수가 말한 둘의 작품을 듣고 추론해본 것인데 확실했다. 그렇지만 풀리지 않는 것은, 그렇다면 미나가 정병석 씨 딸이라는 말인데…… 미나는 정미나가 아니라 신미나였다. 그렇다면 무녀의 딸로 다시 태어났다는 미나의 작품 속 이야기가 어떤 단서일까?

사건이 사건인 만큼 미나는 교도관 모두에게 관심 수형자였다. 명우는 미나가 구치소에서 동남교도소로 이송오던 날, 책상 위에 커피를 쏟고 사물함 비밀번호를 세 번이나 잘못 눌러 보안팀을 불러 초기화했다. 사회복귀과 보직인 명우는 어떻게든 일을 만들어 출입통제실에 가보려 했으나 되지 않았다. 물론 미나를 본다고 달라지는 건 없었다. 하지만 꼭 봐야 할 것 같았다.

동기인 박지영 교도관과 출퇴근을 같이 하고 있었다. 지영이 얼마 전 접촉사고가 나서 차가 카센터에 있었다. 명우의 차가 가드레일을 들이받아 삼 일 동안 카센터에 들어가 있을 때에는 지영의 차를 신세졌었다.

"똥차라 자차보험을 안 들었더니 렌트비가 장난이 아니더라고. 이래서 서로 돕고 살아야 하나 봐."

사는 아파트는 다르지만 길 하나 건너에 아파트가 있었고 지영의 아이들이 명우 아내가 운영하는 피아노 교습소에 다니고 있었다. 교도관 근무수칙에는 없으나 교도소를 벗어나면 그 안에서 일어난 일은 대체로 말하지 않았다. 하지만 명우는 그럴 수 없었다. 구치소 분류심사에서 미나가 동남교도소로 결정됐다는 말을 듣고부터 신경이 온통 쏠려 있었다.

"오늘 이감 온 신미나 어땠어?"

"어떻긴. 멀쩡하지. 아니 예뻐. 예쁘게 생겼어."

"아니, 그런 거 말고."

"그럼, 뭐? 어디, 나 범죄자! 살인자! 이렇게 씌어 있는 수형자 있어? 그래도 다른 애보다 좀 신경이 쓰이긴 하더라. 여자들 죄라는 게 남자들하고는 다르잖아. 기껏해야 사기나 절도가 대부분인데, 게다가 우리 교도소 여자 수형자 중에는 최고의 형이잖아. 나이도 어린 게 사람을 그렇게 끔찍하게 살해한 애라니까 살짝 긴장이 되긴 하더라."

명우는 고개를 끄덕이며 물었다.

"다른 건 없었어?"

"다른 거? 명우 씨도 그 애가 궁금한가 보네."

"뭐, 그러네."

"요새 젊은 애들은 가치관이 우리하고 확실히 다른가 봐. 어떻게 사랑하는 사람을, 사랑하기 때문에 죽일 수 있니? 애들이 인터넷이나 잔인한 시각매체에 너무 노출되어 있어서 그런가? 우리 애도 되게 난폭해. 남자애라 그렇다고 남편은 이해하는데 나는 이해가 안 돼. 집에만 들어가면 소리를 막 지른다니까. 굉장히 파괴적이야. 그런 나를 보고 남편은 내가 더 파괴적이라고 지적질을 한다 글쎄."

"그렇게 보여?"

"누구? 신미나?"

대화가 겉돌고 있었다. 하지만 명우는 그만둘 수 없었다.

"아니, 몰라! 걔가 그렇다는 게 아니라 전반적으로 요새 애들이 그렇다는 거지. 자기는 아이가 없으니까 모르지. 그리고 사회복귀과라 우리하고는 피부로 느끼는 게 좀 다를 수도 있어."

"연수 때 선배 교도관이 말했잖아. 나는 교도관이고 너는 죄인이다는 생각을 가지면 절대 안 된다고, 다 같은 사람이라고 여겨야 교도관으로 정년까지 버틸 수 있다고."

"세상에, 이 일을 정년까지 해야 할까? 나는 우리 남편이 자리만 잡으면 당장 그만둘 거야. 정년까지 해야 한다면 좀 서글프다. 그래도 맞는 말이야. 사람 속에 있다고 생각해야 나도 숨통이 트이지 범죄 집단 속에 있다고 생각하면 어떻게 살아가겠어."

명우는 건성으로 고개만 여러 번 끄덕였다.

"걔, 왼손잡이더라. 아까 대기실에서 수용자 복무규칙 쓸 때 보니까."

처음에는 왼손잡이라는 말을 흘러들었다. 법원판결문을 다시 살피고 미나에 대해 이것저것을 좀 자세히 알아보고…… 명우는 나를 만나야겠다고 결심했다.

가장 중요한 것은 "피해자가 일어나 싱크대 문을 열고 주방칼(총

길이 34cm, 칼날 길이 22cm)(증 제1호)을 들고 와 내밀었다"는 내용이었다. 나는 30cm자로 앞에 놓인 칼의 길이를 재어보았다. 비슷했다. 경민의 원룸텔을 정리하기 위해 갔을 때 내가 사주었던 분홍 플라스틱이 손잡이와 칼날의 등까지 감싸고 있는 문구용 가위만 식기건조대에 꽂혀 있었다. 감자를 깎는 필러와 함께.

명우가 한숨을 쉬며 했던 말이 다시 생각났다.

"경민이는 칼을 사용하지 않는데, 어떻게 칼이 집에 있었을까? 무슨 결심을 하지 않고서는……."

명우는 나를 힐끔 쳐다볼 뿐 뒷말을 잇지 않았다. 차마 경민이 자살했다는 말을 내 앞에서 할 수 없었던 것이다.

경민과 미나의 작품에는 언급이 없었지만 그 끔찍한 일이라는 게 칼과 관련이 있는 일이었다. 그 사건 이후 칼만 보면 경기를 했고 죽는 순간까지 극복하지 못했다. 드림마트 주인도 경민이 칼을 사면서 극도로 예민해져 있었고 손으로 들고 가지 않고 쇼핑백에 담아갔다고 했다.

부모님은 교통사고로 새벽에 추락사한 게 아니었다. 같이 갔던 아빠의 친구라는 정병석 씨가, 미나의 아빠가, 칼로 살해한 것이다. 자동차 추락사고로는 범행을 숨기기가 어려워 불을 질러 사체를 훼손한 것이다. 나는 부모님의 시신을 보지 못했고 작은아빠가 사체를 확인했다. 문제 제기를 해야 할 작은아빠는 우리의 돈이 탐이 나 그냥 덮어버렸던 것이다. 경민은 미나의 눈을 가려 미나의 아빠가 우리 아빠를 살해하는 장면을 보지 못하도록 보호했을 것이다. 아마도 작은방에서 잠들어 있다가 소변이 마려워 깼을 것이다. 초저녁부터 경민과 미나는 곯아 떨어졌을 것이다. 모래사장에서 뛰어놀았으니까. 그런데, 왜 정미나가 아닌 신미나란 말인가? 아니 정미나가 맞기는 한 걸까? 정민아? 정민하? 그래서 경민이 부모님을 죽인 친구의 딸이라는 것을, 신미나이기 때문에 그 아이라는 것을, 짐작 못했을 것이다. 안 이후에는 너무 늦었던 것이다.

동남 천사요양원 이정표 아래로 동남교도소가 보였다. 팔 차선 산업도로에서 우회전해야 했다. 한적한 시골길로 접어들었다. 주유소 사거리에서 좌회전하기 위해 방향지시등을 켜고 기다렸다. 차량의 통행이 거의 없었다. 반대차선도 마찬가지였다. 브레이크를 밟고 있는 발이 달달 떨렸다.

"신호가 왜 이렇게 길지?"

맞은 편 주유소도 들고나는 차량이 없었다. 살림집으로 보이는 현관 옆에 개 한 마리만 하품을 하며 이곳을 쳐다보았다. 신호가 바뀌었다.

이 차선 도로가 유독 좁다고 생각됐다. 산으로 이어지고 있어 더욱 그런 느낌이었다. 길도 여기저기 파여 있어 속도를 낼 수 없었지만 브레이크를 자주 밟아야 했다. 울컥, 차가 크게 몸서리를 쳤다. 초입에는 오래된 가옥 몇 채가 띄엄띄엄 있었다. 실핏줄처럼 길옆으로 동남수목원이 있었고, 근사해 보이는 양옥도 자리 잡고 있었다.

토종닭을 잡아준다는 빨간 지붕의 동남가든을 지나쳤다. 예비군 야외훈련장 이정표를 지나쳤다. 흙을 말끔히 갈아놓은 밭을 지나쳤다. 멀찍이 아기천사가 상징으로 새겨진 동남 천사요양원이 보였다. 오른쪽으로 휘어진 길로 접어들자 칠이 벗겨졌지만 하얀색이었을 감시탑이 눈에 들어왔다. 나도 모르게 브레이크를 밟았다. 차가 기침하듯 쿨럭였다. 민원인 주차장 푯말이 또렷이 보였다. 다시 액셀러레이터를 천천히 밟았다. 접견인은 주민등록증을 지참하라고 적힌 종이가 붙은 정문 초소가 나왔다. 다시 멈췄다. 바리게이트를 한참 앞에 두고 나는 옴짝달싹 못했다. 그렇게 서 있자니 정문 초소를 지키던 교도관이 빤히 쳐다보다가 밖으로 나와 물었다.

"무슨 용무로 오셨습니까?"

"여사동에 강의하러 왔습니다."

근무자는 차를 좀 앞으로 빼라고 손짓을 했다. 내가 그의 지시에 따라 차를 움직였다. 됐다는 손 신호로 주먹을 쥐였다. 잠깐만 기다리라고 선서를 하듯 손바닥을 흔들었다. 초소 안으로 사라져 모니터를 들여다보았다. 밖으로 나와 물었다.

"한 시 수업인데 벌써 오셨습니까?"

"네에, 첫 수업이라 좀 일찍 왔습니다."

"들어가십시오."

바리게이트가 올라갔다. 나는 느리게 차를 몰았다. 내비에도 검색되지 않는 곳. 하지만 안으로 깊숙이 들어갈수록 교정 같았다. 이

210

곳도 봄이었다. 목련꽃이 활짝 피어 있었고 철 담장 옆으로 개나리가 가지마다 꽃을 달고 늘어져 있었다. 어디로 가야 하는지 알 수 없었다. 듬성듬성 건물이 보였지만 내가 들어가야 할 입구가 어느 곳인지 찾을 수 없었다. 일단 일렬로 주차된 곳을 끼고 천천히 우회전했다. 주차는 아직 자신이 없었다. 좀 널찍한 공간이어야 했다. 여러 번 차 꽁무니를 흔들어 일렬주차에 성공했다. 휴대폰이 울렸다. 동남교도소라고 떴다.

"어디야?"

"주차장."

"어느 주차장?"

"몰라. 네 말대로 정문 통과해서 안으로 들어왔어."

"뭐가 보여?"

뭐가 보이느냐고? 휴대폰을 들고 천천히 주위를 둘러보았다. 감시탑도 보였고, 철조망도 보였고, 학교 같은 건물 세 곳도 보였다. 입구에 뭐라고 씌어 있으나 글씨는 읽을 수 없었다. 내 바로 앞에 붉은색 목련이 활짝 피어 있는 화단도 보였다. 그 옆으로 노란 개나리도 보였고 아지랑이가 피어오르는 아스팔트와 잘 가꿔진 파란 잔디밭도 보였다. 내가 막 통과해 들어온 정문 초소는 보이지 않았다. 가로등이 일정한 간격으로 서 있었다. 그 위로 시시티브이가 나를 훑으며 천천히 머리를 돌렸다. 내가 어디에 있는지 알 수 없었다. 다시 시시티브이가 낯선 나를 스캔하기 위해 되돌아왔다.

수의囚衣

교정복을 입고 교정모를 쓴 명우가 저만치서 걸어왔다. 나는 다가가지 못하고 그대로 서 있었다.

"괜찮아?"

나는 고개를 저었다. 정말 괜찮지 않았다. 여기까지 왔으나 더 이상은…….

"나, 그냥 갈까 봐…… 못할 거 같아."

명우가 교정모를 벗었다가 다시 썼다. 먼 곳으로 시선을 돌리며 작게 한숨을 쉬었다. 그러고는 내 어깨를 살짝 잡았다 놓으며 등을 밀었다.

"일단 들어가자. 아직 시간이 남았으니까 휴게실에서 차 한 잔 하자. 지영 씨가 나온다고 했어."

명우가 느리게 걷는데도 나는 따라 가지 못하고 내 발에 걸려 넘어지고 말았다. 명우가 돌아보고 말했다.

"왜, 그래? 여기도 사람 사는 곳이야!"

나는 땅을 짚고 일어났다. 명우는 내 손을 잡아주지 않았다.

"그러니까, 내가 왜 이러니. 그래, 가자. 이보다 더 한 것도 겪었는데……."

하이힐을 신지 않고 단화를 신은 게 그나마 다행이었다.

육중한…… 정말 육중하다는 표현 외에는 쓸 수 없었다. 진밤색 철문이 앞을 가로막았다. 나도 모르게 자석처럼 끌려 그곳을 향해 느리게 걸었다. 명우가 내 팔을 잡아끌었다.

"거기가 아니고 이쪽이야!"

진밤색 철문에서 오른쪽으로 작은 계단을 올라 진녹색 철문이 있는 출입통제실 입구로 나를 데려 갔다. 머리 위로 시시티브이가 부지런히 왔다 갔다 하며 입구에 서 있는 나와 명우를 스캔했다. 쇠창살이 박혀 있는 작은 창문으로 교도관이 보였다. 스르르. 통제실 문이 열렸다. 명우가 나를 향해 고갯짓을 했다. 내가 먼저 들어가고 명우가 뒤따라 들어왔다. 다시 스르르 덜컥 문이 닫혔다. 통제실에는 남녀 교도관이 들어오는 우리를 빤히 쳐다보았다. 명우가 말했다.

"여사동 문화예술교육 강사입니다. 한 시 수업인데 좀 일찍 왔습니다."

여자 교도관이 내게 물었다.

"신분증 주시고요. 담배나 라이터, 휴대폰 모두 반입이 안 되니까 이곳에 맡기세요."

나는 숄더백을 뒤적여 지갑에서 신분증을 먼저 꺼내주고 담배와 라이터와 휴대폰도 내밀었다.

"가방 안도 보여주세요."

가방도 내밀었다.

"수업 준비물은 없습니까?"

아! 차에다 수업을 위해 준비한 복사물과 간식 가방을 놓고 왔다는 걸 알았다. 명우가 차 키를 달라고 했다. 그러고는 외부강사 휴게실에서 기다리라고 했다. 외부강사 휴게실이라는 푯말이 복도 건너편에 있었다. 명우에게 키를 주려고 가방을 뒤졌지만 보이지 않았다.

"차에다 꽂아놓고 왔나?"

명우가 물었다. 기억나지 않았다. 시동은 껐는지 키를 뺐는지도. 명우가 일단 차에 가 보겠다며 휴게실로 나를 안내했다.

검은색 소파 끝에 엉덩이를 걸치고 앉았다. 오랫동안 사용하지 않아 밀폐된 공간에 들어서면 맡아 지는 퀴퀴한 곰팡내가 났다. 갈색 탁자 위에는 도자기꽃병에 색이 짙은 함박꽃 조화가 먼지를 쓰고 꽂혀 있었다.

"처음이라 많이 긴장되시죠?"

여자 교도관이 믹스커피를 탄 종이컵을 내밀었다. 나도 모르게 발딱 일어났다. 여자 교도관은 손사래를 치며 그냥 앉아 있으라고 했다.

"그렇게 긴장해서 어떻게 수업하실 거예요?"

그녀가 웃으며 말했다.

"그러게요…… 좀, 긴장이 되네요."

"죄가 밉지 사람이 미운 건 아니다! 그렇게 생각하세요. 우리하고 똑같은 사람이 사는 곳이에요. 여기 사람들이 제일 싫어하는 게 선입견 가지고 대하는 얼굴이나 질문? 뭐 그런 거예요. 학교에 계신다면서요. 학생이라고 생각하세요. 좀 나이가 많은 학생."

나는 커피를 마시며 고개를 끄덕였다. 빈속에 뜨거운 커피가 들어가자 내장뿐 아니라 머릿속도 훑는 것 같았다. 각성제 역할을 톡톡히 했다. 달달한 커피 한 잔이 더없이 고마웠다.

"한 잔 더 드릴까요? 얼굴이 확실히 아까보다 풀렸어요."

네에, 라고 대답했다. 사실 담배를 한 대 피우고 싶었다. 하지만 그렇게 말할 용기는 없었다.

커피를 다시 받으며 명찰을 보았다. 박지영이라고 씌어 있었다. 통제실에 있던 여자 교도관이 아니었다. 나는 그녀를 알아봤다. 그녀도 눈치 챈 듯 활짝 웃었다.

"명우 씨한테 얘기 들었어요. 반가워요."

악수를 청하는 그녀의 손을 덥석 잡았다. 따뜻했다.

"여기가 좀 춥죠? 물론 산속이라 그렇지만."

내 손이 차가웠던 모양이다. 봄볕은 어느 곳이나 골고루 내리 쬘

텐데 이곳은 온도가 더 낮게 느껴졌다. 아까부터 몸을 웅크리고 있었더니 어깨도 뻐근했다. 등을 소파에 가만히 기댔다.

명우가 수업자료가 든 가방과 차 키를 내게 내밀었다. 하지만 간식이 든 가방은 출입통제실 교도관에게 다시 점검하라며 건넸다.

"소보로와 팥빵은 괜찮은데 음료수는 반입이 안 됩니다!"

음료수를 빼고 빵만 든 가방을 지영이 출입통제실 교도관에게서 받아들었다.

"강사님 마음은 이해가 가지만 어쩔 수 없어요. 빵은 물이랑 먹으면 돼요. 물은 그곳에도 있으니까. 바깥 음식은 뭐든 좋아하지만 빵은 밥 먹은 지 얼마 안 돼서 좀 그럴 거예요. 앞으로 간식을 준비하려면 과일이면 더 좋아할 거예요. 여자들이라. 그 대신 먹을 수 있을 만큼 잘라오거나 칼을 쓰지 않는 과일이어야 해요. 당연히 칼 같은 뾰족한 물건은 반입할 수 없어요. 그리고 많이 사오지 말고 꼭 숫자만큼만 사오세요. 우리 수강생이 열다섯이니까 열다섯 개만."

지영이 가방을 거꾸로 잡고 탁자 위에다 물건을 쏟았다. 열다섯 개를 세어 담고 나머지는 통제실 교도관에게 넘겨주었다.

"웬만하면 모두 통일을 해요. 우리는 팥빵이나 소보로나 다 같은 빵으로 생각하지만 그들은 아니에요. 팥빵과 소보로는 다른 빵인 거예요."

나는 또 고개를 끄덕였다.

"그리고 영치금으로 과자 같은 것은 사먹을 수 있어요. 그러니까

먹는 것만 살 필요는 없어요. 핸드크림이나 예쁜 노트 같은 것도 좋아할 거예요."

나는 연거푸 고개만 끄덕였다.

"아, 화장품은 안 돼요. 화장을 할 수 없거든요. 글쓰기 수업이니까 노트가 좋겠어요. 그 대신 스프링 같은 게 있으면 안 돼요. 그냥 떡제본처럼 된 일반 노트."

그녀의 말을 한마디도 놓치지 않으려 신경을 곤두세웠다.

"자, 그럼 이제 갈까요?"

지영을 따라 자리에서 일어났다.

"이곳을 벗어나면 이제 화장실도 혼자 가면 안 돼요. 화장실 가고 싶지 않아요?"

그때까지 나는 요의를 못 느꼈는데 지영이 그렇게 말하자 오줌이 마려웠다. 지영이 고개로 화장실이 있는 곳을 가리켰다.

손을 씻으며 거울을 보았다. 여전히 안색은 창백했고 덧바른 파운데이션은 들떠 있었다. 오른쪽 발목이 조금 시큰거렸다. 화장실에서 나오자 지영이 들어가자고 했다. 그때까지 아무 말 없이 옆에서 있던 명우가 고개를 끄덕였다.

공항 출입국 심사대를 통과하듯 여자 교도관이 신체검사 기계 앞을 통과하라고 했다. 삐익, 하는 기계음이 울릴까 봐 긴장됐다. 방문이라고 쓰인 표찰을 목에 걸라고 주었다. 출입통제실을 나오자 다시 철커덕, 철문이 뒤에서 닫혔다. 화들짝 되돌아봤다. 지영이 내 팔을 가만히 잡았다가 놓았다. 넓은 운동장을 가로질렀다.

"자, 나를 따라 오면 돼요. 한 발 정도만 떨어져 걸어요. 왼쪽 하얀 건물 보이죠. 우리는 그곳으로 가는 거예요. 오른쪽 회색 건물 큰 거 있죠. 남사동이에요."

여사동 입구에서 다시 출입통제실 앞에 섰다. 잠시 후, 철문이 열렸다.

"저기, 보여요? 웬만하면 고개를 여기저기 돌리지 말고."

지영이 말하는 곳에 시선을 맞췄다.

"이곳저곳이 궁금하죠. 그렇다고 외부인에게 친절하게 손가락으로 가리키며 설명해줄 수는 없어요. 저기 저곳으로 범죄자들을 실은 버스가 들락거려요. 왜, 영화에서 보면 호송줄에 묶인 범인들 나오잖아요."

나는 작게 고개를 끄덕였다. 간간히 그런 수형자들과 마주칠 거라고 했다.

"미나도 그렇게 이곳에 왔어요."

지영은 내가 당황하지 않도록 배려하고 있었다.

"다리를 왜 그렇게 절어요?"

"아까 넘어졌어요."

클클. 혀를 찼다.

다시 커다란 철문 앞에 섰다. 지영이 벨을 눌렀다. 머리 위 시시티브이가 우리 앞에서 멈췄다. 잠시 후 문이 열렸다. 복도로 들어섰다. 밝은 곳에 있다가 갑자기 어두운 곳으로 들어서자 암순응이 될 때까지 아무것도 보이지 않았다.

"갑자기 암흑이죠? 하지만 가만히 서 있으면 안 되니까 천천히 걷자고요."

지영은 익숙하게 걸었다. 하지만 긴 복도를 걷는데 나는 몸이 뻣뻣하게 굳었다. 복도는 직선이 아니었다. 다시 오른쪽으로 꺾었다가 왼쪽으로…… 통 유리문이 앞을 막았다. 지영이 벨을 눌렀다.

"도망가라고 해도 못 빠져나가겠죠?"

"미로 속 같아요."

"맞아요."

안에서 앳된 여자 교도관이 잠긴 비밀번호를 해제 후 문을 열었다. 이곳까지 오는 길이 아득했다.

창문가로 봄볕에 알록달록한 무늬의 빨래가 말라가고 있었고 그 아래 그리 넓지 않은 밭에는 파란 싹들이 돋아나고 있었다. 쑥갓도 있었고 상추도 있었다. 그 다른 것도 있었지만 이름이 떠오르지 않았다. 그 너머 담장에는 노란 개나리가 가지마다 피어나고 있었다. 노란 덤불 속에 어미 닭이 벌레를 쪼고 병아리들이 어미를 쫓아 벌레를 쪼다가 움찔거림에 놀라 삐악삐악 소리를 치며 몇 걸음 도망치는 그런 그림이어야 맞을 것 같았다. 하지만 그곳에 병아리 같은 것은 없었다. 빨래가 시나브로 말라가고 있었고 느리게 시간을 잘라놓은 장면처럼 아스라했다. 그러니까 그곳은 생명체가, 인간이,

미나가 살고 있는 곳이었지만 적막함뿐이었다. 포르르. 새 한마리
가 창공으로 날아올랐다. 이곳에도 생명이 있다는 것을 내게 알리
고 있었다.

"이쪽으로 와요."

지영이 내 팔을 잡아끌었다. 새를 좇던 눈을 거두고 지영을 따랐
다. 기다란 복도 양 옆으로 책 크기만 한 창에 세로로 철이 박힌 문
틈 사이로 방이 보였다. 몇 개나 될까? 셀 수 없었다. 어느 방에 미
나가 있을까? 그것도 알 수 없었다.

지영이 다시 자그마한 사무실로 나를 데려갔다. 견장에 무궁화
세 개가 그려진 나이 지긋한 여자 교도관이 자리에서 일어나며 내
게 악수를 청했다. 지영은 그녀를 계장님이라고 불렀다.

지영이 내가 넘어지면서 발목을 삔 것 같다며 철제의자에 앉혔
다. 계장이 말했다.

"아직 수업 준비가 안 됐어요. 조금만 기다리세요."

나는 의자에 앉아 빠르게 내부를 훑었다. 낯선 환경이 내 시선을
가만 놓아두지 않았다. 계장은 돋보기를 벗으며 말했다.

"이곳의 모든 것이 궁금하죠?"

내가 너무 노골적으로 훑고 있었던 것이다.

"두 시간이나 수업을 해야 할 텐데, 많이 불편하면 발목을 붕대
로 좀 감아보는 게 어때요?"

"디딜 때만 조금 시큰거리니 참을 만해요."

문을 열어주었던 앳된 교도관이 커피를 탄 종이컵을 내밀었다. 나는 마다하지 않고 받아 마셨다. 계장이 내 발목을 쳐다보았다. 아무래도 무리일 거 같다며 약상자를 들고 왔다. 커피를 타 왔던 앳된 교도관이 계장의 약상자를 받아들었다. 나는 바짓단을 위로 올리고 양말을 내렸다. 그녀가 맨소래담을 바르며 말했다.

"붓지는 않았어요."

"첫날부터 면목이 없네요."

내가 이러고 있는 사이, 문화예술교육 수강자들 복도로 나오세요. 문학수업 신청자들 빨리, 빨리 나와요. 다른 목소리의 교도관인 듯했다. 158번! 신청 안 했어? 신청했으면 나와야지, 왜 그러고 있어? 철커덕 철문이 열리는 소리. 웅성거리는 소리. 자자, 떠들지 말고 똑바로 서요. 다 나왔어요? 292번! 거기, 밀지 말고 412번 뒤에 서요. 아까 그 목소리의 교도관이었다. 다 섰으면 뒤로 번호! 하나, 둘, 셋…… 열다섯, 번호 끝! 자, 292번은 강사님 드실 물이랑 컵 챙겨가고, 차례차례 912번부터 강의실로 올라가세요! 신발 끄는 소리. 끔끔. 기침하는 소리. 속닥속닥 얘기하는 소리.

어떤 사차원의 시공간 속에 있는 것 같았다. 투명한 공간 속에 내가 있고 그 너머에 또 다른 일들이 동시에 일어나며 나는 그곳에 관여할 수 없고 귀만 활짝 열린 각성된 상태. 다른 사람의 머릿속을 구경하는 듯한…… 아, 빈속에 내가 커피를 너무 많이 마신 것인가?

앳된 교도관이 준비됐다며 강의실로 올라가자고 안내했다. 나는 그녀를 따라 계단을 올랐다. 그리고 활짝 문이 열린 열 평이나 될까 싶은 좁은 강의실로 걸어 들어갔다. 진초록색 수의와 주황색 수의를 입은 그녀들이 철제의자에 앉아 나를 쳐다보았다. 정면으로 보는 게 아니라 고개를 외로 틀고 관심 없는 물체를, 아니 재수 없는 한 인간을 경계하는 시선으로. 하지만 그 시선도 금세 거두었다. 내 차례가 되어 무대에 나섰는데 그 많던 관중이 갑자기 사라진, 모두 등을 돌리고 앉아 있다면 맞는 비유일까. 저들의 등을 돌려 나를 보게 하지 않으면 나는 다시는 이 자리에 설 수 없다는 절박한 심정이 아니라 오기가 솟구쳤다. 나는 그 와중에도 미나를 눈으로 찾았다. 제일 뒤 지영의 옆에 생머리를 가지런히 뒤로 묶은 채 고개를 숙이고 있는 진초록색 수의를 입은 앳된 여자. 나는 단박에 그 애가 미나라는 걸 알았다. 그때, 지영이 큰 소리로 말했다.

"강사님이 오시다가 다리를 접질렀으니까 앉아서 수업할 수 있도록 412번이 그 앞에 놓인 의자 좀 갖다 줍니다."

412번이 왜 자신이 이런 일을 해야 하느냐는 듯, 인상을 쓰고 마지못해 질질, 의자를 끌고 와 던지듯 내 앞에 놓았다. 나는 412번이 가져다주는 의자에 앉으며 고맙다고 말했다. 미나는 몇 번일까? 912. 숫자가 보였다. 그러나 미나는 고개를 숙이고 나를 보지 않았다.

"반갑습니다. 여러분과 매주 이 시간에 문화예술 수업을 할 강사입니다. 저는 여러분 못지않게 사연이 기구한 여자예요. 다시 말하면, 내가 여러분 앞에서 강의를 한다고 해서, 여러분보다 잘났거나 좋은 집안의 딸로 태어나 대학을 졸업하고…… 그래서 강의를 하는 게 아니라……"

나도 모르게 내 소개를 그렇게 하고 있었다. 내 인생이 그녀들보다 좋고 화려해서 죄를 짓지 않은 게 아니었다. 당신들 사연! 하, 코웃음이 나온다. 서럽고 억울하고 괴롭고…… 그래서 죄를 지어야 한다면 내가 당신들보다, 아니 당신들보다 더 큰 죄를 지어야 마땅한 년이다. 그럼에도 내가 이 자리에 있을 수 있는 이유는 동생을 돌봐야 한다는 누나로서 책임감 때문이었다. 그런데 그 동생마저 애인의 손에 잔인하게 살해당했다. 물론 살해당했다는 것에 지금은 의심을 품고 있다. 그 말은 할 수 없었다. 당연히 미나 때문이었다. 이름도 소개하지 않았다. 긴장했던 마음이 사라지고 있었다. 부모의 갑작스런 사고로 고아가 되었고 못된 작은아버지가 부모의 재산을 가로채갔고 작은어머니와 사촌동생의 구박에 집을 나와 동생과 나는 보육원에서 자랐으며 스물두 살이 되어서야 대학에 갈 수 있었다…… 아르바이트를 하며 대학에 다녔는데 돈을 많이 벌기 위해 일꾼들이 들락거리는 시장통 순댓국집에서 일했다…… 동생은 돈이 없어 학교에 다니지 못했고 검정고시로 스물두 살이 돼서 대학생이 되었다. 서서히 그들이 고개를 들고 나와 눈을 맞췄다. 하지만 미나는 고개를 들지 않았다.

"자, 저에게 격려의 박수를 좀 쳐주세요."

지영이 먼저 박수를 쳤고 그녀들도 따라 쳤다.

"감사합니다. 이제 힘이 납니다. 제 소개를 마쳤으니 이제 여러분을 소개해볼까요?"

나서는 사람이 없었다.

"여기서는 이름 대신 번호를 부르죠? 하지만 나는 이 시간만이라도 자신의 이름을 소개하고 앞으로 이름을 불렀으면 좋겠습니다."

내게 의자를 가져다 준 412번에게 시선을 던졌다. 412번이 교도관 지영의 눈치를 봤다. 지영이 고개를 끄덕였다.

"제 이름은 미현입니다. 박미현. 나이는 서른다섯이고……."

미현이 소개를 마치자 나는 박수를 쳤다. 그리고 다음 사람으로 이어졌다. 마지막 한 사람만 남았다. 나도 모르게 침을 삼켰다. 나는 다른 사람의 소개는 건성으로 듣고 있었다. 제일 뒤, 미나 차례였다.

"제 이름은 신미나입니다."

"저, 고개 좀 들고 이름을 크게 다시 말해줄래요?"

흔적 찾기 3

　수업은 그리 어렵지 않았다. 첫날 나를 과장해서 소개한 덕분이었다. 나도 알고 보면 당신들보다 잘난 것이 없다.

　부모 복을 못 타고 나 학교도 제대로 못 다녔고 겨우 고등학교를 졸업했고 아니면 중학교를 졸업했다. 배운 게 없다 보니 공단에 취직해서 공순이로 살았고 아니면 얼굴이 반반하다 보니 술집에서 일하다가, 아니면 건설회사 하청의 경리로 노가다꾼처럼 살다가 어찌하여 남자를 만났고 남자는 술과 노름에 빠져 살림은 나 몰라라 했고 그것도 모자라 바람까지 피워 집구석을 풍비박산으로 만들었다. 너만 재미 볼 거냐? 나는 못할 줄 아냐? 맞불작전으로 나 좋다고 치근대던 작업반장과 아니면 같은 회사에 다니는 공돌이와 아니면 술집 사장과 모텔 몇 번 들락거렸는데, 그게 발각이 되어 상대측 여자에게 얻어터지고 그나마 내가 벌어서 살았는데 쪽박이 깨졌고, 똥

뀐 놈이 성낸다고 저 잘못한 것은 생각 않고 날마다 술 처먹고 손찌검을 해대니 너 죽고 나 살자고 했던 일이 실패로 돌아가, 내가 지금 이 지경이 됐다는…… 돈 있는 년은 빵에 안 들어오지만 돈 없으니 몸으로 때울 수밖에…… 그러나 이제는 후회한다. 이곳에서 진짜 인생 공부를 하고 있다. 그래서 이곳을 큰집이라고 하지 않던가. 대학이라고 부르지 않던가. 이제 이곳을 나가면 마음 독하게 먹고 잘 살것이다. 또는 사랑에 눈멀어 마음 주고 몸도 주고 돈도 주었다. 돈은 공금이었다. 공금횡령죄로 들어온 것이다. 영원한 사랑은 없다지만 내 사랑이 빤한 삼류소설이라는 것만은 인정할 수 없다. 그래서 나는 누구에게도 내 사연을 말하지 않는다. 모든 것을 종교의 힘으로 버티고 있다. 아니면 소시오패스의 경향을 띠는 수형자도 있었다. 부모의 사랑을 받지 못하고 자란 탓이다.

이와 같이 노골적으로 말하는 수형자들은 단 한 명도 없었다. 하지만 이 스토리가 생뚱맞은 건 아니었다. 학력이 대졸자도 있었지만 중졸이나 중퇴자들도 있었고 글은 읽되 쓰는 게 원활치 못한 수형자들도 있었다. 나이는 미나가 제일 어렸고 일흔이 코앞인 수형자도 있었다. 내 수업을 듣는 이는 그래도 읽고 쓰는 것이 가능한, 그러니까 중졸 이상의 학력자였으며 환갑을 작년에 넘긴 수형자가 최고령이었다.

한 가지 주제를 정해놓고 자유롭게 이야기하고 간단하게 써 보는 시간을 가졌다. 그 대신 주제는 광범위하지 않게 세부적으로 나

넜는데, 예를 든다면 '음식'을 주제로 정해놓고 '내가 지금 가장 먹고 싶은 음식은?' '내가 잘 만드는 음식은?' '우리 엄마가 잘했던 음식은?' '우리 집 대표 음식은?' '내가 가장 사랑하는 사람과 먹고 싶은 음식은?' '가장 먹기 싫은 음식은?' '내가 만들기 제일 어려운 음식은?' '죽기 전에 먹고 싶은 음식 10가지는?'

주제를 구체적으로 제시했다. 먼저 자유롭게 말하고 그것에 대해 묻고 대답하게 했다. 언제 부터인가 웃음소리가 났고 농담을 하는 분위기로 바뀌었다. 쓰는 것은 대신 숙제로 내주었다. 시든 산문이든 동화든. 어떤 형식이든 상관없었다. 글이 자신 없으면 그림으로 그려 와 설명하면 되었다. 나는 그 주제에 맞는 기성작가의 산문이나 시를 준비했다. 자료를 찾기 위해 도서관에서 많은 시간을 보냈고 책을 읽었다. 어렵지 않아야 했고 감성적인 글을 찾는 일이 생각보다 쉽지 않았다. 그런 글을 워드작업 했다. 문장에 영어나 한자어가 섞인 글은 우리말로 쉽게 풀어 쓰거나 지루한 문맥은 아예 지우기도 했다. 수강생 숫자만큼 인쇄하는 게 수업 전에 내가 하는 일이었다. 수형자들이 써오는 글은 완성도와 상관없이 칭찬을 아끼지 않았다.

한 달이 지났을 때 412번, 박미현이 낯을 붉히며 과제를 내밀었다. 그녀는 중졸학력자였다.

거울

거울을 들여다봅니다.
가슴에 손을 얹어 봅니다
얼굴을 찡그려 봅니다
거울은 그대로 나를 따라합니다
정말 무서운 물건입니다.
거울 속에 비친 내 얼굴이 너무 밉습니다
오늘 밤에는 내 마음을 닦아볼까 합니다

　자신의 죄목을 말하는 사람은 없었고 나 또한 그들의 죄목을 궁금해하지 않았다. 지영이 내게 충고한 것도 이들의 죄목을 궁금해하지 말라, 였다. 그러나 글이란 글쓴이의 감정과 상황이 드러나게 마련이었다. 말하지 않아도 대충 어떤 환경에서 자랐고 어떤 죄를 지었으며 출소가 얼마큼 남았는지 알 수 있었다. 사 주가 지났을 때부터 이들이 나를 기다리고 있구나, 하는 느낌을 받았다. 스스로를 드러내려고 하지 않던 수형자들이 마음의 문을 열었다. 최초로 문을 연 건 412번 박미현이었다. 그러나 미나는 나서서 말하지도 않았고 잘 웃지도 않았으며 과제수행도 하지 않았다. 그렇다고 강제로 과제를 해오라고 할 수는 없었다. 이 문제를 해결하고 싶었다. 애초 의도는 미나와 어떤 말이라도 해보자, 였다. 그러나 기회를 만들 수 없었다. 지영이 참관 교도관일 때는 그나마 나았지만 다른 교도관이 뒤에 앉아 있을 때면 수업과는 상관없는 말을, 수형자와 개별적으로 이야기할 수 없었다. 다행인 것은 미나가 수업에 빠지지는 않았다. 나는 가장 잘한 조에게 노트와 핸드크림을 선물했다. 교도관이 검사 후에 전달했다. 조원 모두가 돌아가면서 써야 한다는 규칙 때문에 미나도 글을 썼다. 그러나 '아침'을 주제로 정하고 숙제를 내준, 그 다음날 새벽에 명우로부터 전화가 왔다.

"미나가 팔목을 그었어. 새벽에 병원으로 실려 갔어."

나는 숨소리도 내지 못했다. 명우가 몇 번이나 내 이름을 부르며 괜찮으냐고 물었다. 가까스로 대답을 했을 때, 다행히 생명에는 지장이 없다고 물었다. 명우는 좀 서둘러야겠다고 했다.

"미나의 친아버지는 여섯 살 때 사망했어. 네 말대로 정병석 씨가 맞아. 사망날짜도 2001년 8월 30일. 미나 어머니는 삼 년 후에 재혼을 했고. 미나는 새 아빠의 성을 따르고 있었어. 그리고 미나의 원래 이름은 민아야. 미나가 아니고 개명을 했어."

"아, 그랬구나."

나는 일주일 내내 착잡한 마음으로 있었다. 계속 강의를 해야 할지 그만둬야 할지 갈등이 됐다. 명우는 미나만 수강생이 아니기 때문에 그만두는 것은 옳지 않다고 했다. 강의실에 도착했다. 그런데 같은 방에 있는 수형자가 미나의 숙제라며 시 한 편을 내밀었다.

환생

창문 사이로 새소리가 들린다
나는 새의 이름을 알지 못한다

작은 먹이를 하나 던져준다
새는 먹이를 보지 않고 나를 바라본다

전생에 나는 네 어미
전생에 나는 네 아비

한세상 어질고 착하게 살다가 내게 오거라

수업을 마치고 교도소를 나왔다. 그대로 집으로 갈 수 없었다. 심증은 있으나 물증이 없다, 였다. 나는 증거를 못 찾아 명우가 말한 가설에서 한 발도 나가지 못했다. 미나를 볼 때마다 어떤 방법으로라도 내가 경민이 누나라는 걸 알리고 싶다가도, 그로 인해 미나가 어떤 잘못된 선택을 할까 봐, 충격을 받을까 봐, 다시 내민 손을 거뒀다. 그 중간을 헤매다가 다음 시간에 다시 뵙겠습니다, 말하고 여사동을 빠져나와 차 안에서 소리를 질렀다. 영화에서 보면 잘도 접근하고 실마리를 풀어가던데…… 왜 그랬니? 아니 왜, 네가 했다고 한 거니? 블라인드를 걷으면 어떤 일이 있는 거니? 왜 너는 정민아가 아니라 신미나인 거니? 수없이 마음으로 물어 보아도 미나는 나와 눈도 맞추지 않았다. 그런데 결국 미나도 자살을 시도했다. 내가 경민이 누나라는 것을 눈치 챘기 때문이었으리라.

나는 내비에 청운사를 입력했다. 차를 몰고 고속도로를 달려보기는 처음이었다. 경민이 살아 있을 때 차를 장만할 것을. 사람에게 부대끼는 걸 싫어해 집에만 있으려는 경민을 바람이라도 쏘이게 하기 위해 무던히 애를 썼다. 청운사를 빼고는 주말에 어디라도 가려면 한 달은 얼레고 달래야 했다. 대중교통을 이용해야 했기 때문에 힘들었는데 그때 차가 있었다면 얼마나 좋았을까. 왜 그때는 차를 장만할 생각을 못했을까. 부모님의 사고 때문이었으리라. 그런 영향이 아주 없었다고 할 수 없었다.

청운사 주차장에 차를 세웠다. 대웅전에 먼저 들러 항상 세 번 절을 하고 나왔는데 이번에는 봉안당으로 곧바로 갔다.

철쭉꽃 앞에서 활짝 웃고 있는 부모님은 여전했다. 당시는 장발이 유행이라서 둘 다 머리가 길었다. 엄마는 파머를 했고 셔츠 깃과 바지통이 넓은 청바지를 입었다. 아빠의 셔츠도 깃이 넓었고 통 넓은 바지를 배꼽까지 올려 입었다.

"엄마, 아빠! 경민이 만나니 좋아요?"

대답이 없었다. 나는 옆으로 걸어 경민에게 물었다.

"넌, 좋니? 좋겠지. 경민아, 미나를 어떻게 해야 하니? 죄 없는 미나를 어떻게 해야 해?"

경민의 사진은 제주도 올레길을 걷다가 스마트폰으로 찍은 거였다. 제주도 푸른 바다를 배경으로 챙모자를 쓰고 활짝 웃고 있었다. 다시 부모님 앞으로 와 사진에다 대고 말했다.

"내가 어떻게 해야 할지 모르겠어. 경민이는 그때나 지금이나 말이 없네. 아무래도 엄마, 아빠가 나 좀 도와줘야 할 것 같아."

부모님의 액자가 조금 삐뚤어져 있었다. 아니 그렇게 보였다. 유리장을 열었다. 반듯하게 세우기 위해 액자를 양손으로 쥐였다. 그런데 액자 뒤에 검은 천으로 장정된 지퍼가 달린 두꺼운 책 한 권이 눈에 들어왔다. 『반야심경』이었다. 누가 갖다 놓았을까? 나는 가방에서 손수건을 꺼내 액자를 닦고 내 손자국이 난 불경도 닦았다.

'불경도 고급스럽게 나오는구나.'

지퍼를 열었다. 툭! 뭔가 발밑으로 떨어졌다. 손가락 두 마디 크기의 USB였다.

자살인가요 타살인가요—누구도 답해주지 않는 함구의 현장으로 강도처럼
손잡이가 부러진 칼처럼, 문득
떨어지는 붉은 혓바닥

보십시오 고요가 순간을 찌르고 있습니다

232

이곳을 너무 사랑하기 때문에

나는 살해를 한다,

개수대에 물이 사라질 때

먼 빛이 가까운 빛에 섞이고 난도당한 순간이 제 시신을 공중에 흩어놓을

때……

경민의 습작품 「눈」은 이렇게 시작하고 있었다. 내용은 정수나 교수가 말한 그대로였다. 그리고 미나의 「눈」 초고, 첫 장을 읽었다. 하지만 나는 곧바로 내용을 이해하지 못했다.

경기가 다 끝나가도록 0:0이었다. 아이들은 공을 쫓아 이리저리 휩쓸려 다닐 뿐 상대방 골문에 공을 날리지 못했다. 후반 경기도 삼 분 남았다. 상대팀이 빠르게 공을 패스하며 돌진했다. 정확성이 떨어져 수비수 S앞으로 굴러왔다. 공을 걷어내야 했다. 그런데 골키퍼에게 공을 흘려주어도 괜찮을 것 같았다. 전광판의 시계가 숫자 2로 바뀌고 있었다. 득점 없이 끝나면 승부차기였다. S는 자신의 골문을 향해 공을 툭 찼다. 골키퍼 B는 예상하지 못했다. 자살골이었다.

생물선생은 마돈나를 닮았고 유방이 컸다. S는 B에게 뒷자리에 앉으라고 명령했다.

생물선생이 세포분열에 대해 설명했다.

"모든 생물체는 세포로 구성되어 있고, 세포들은 세포분열의 과정을 통해 세

포가 만들어집니다. 단세포 생물에서는 세포분열이 곧 새로운 개체의 생산을 뜻하지만, 다세포 생물에서는 생장과 재생, 새로운 개체의 생산을 뜻합니다."

"그럼, 인간은 단세포 생물입니까, 다세포 생물입니까?"

누군가 질문을 했고 S는 바지 벨트를 풀었다.

"다세포 생물에서 이런 세포분열을 체세포분열과 생식세포분열로 구별하는데, 유성생식을 하는 생물들은 기본적으로 암수 생식세포인 정자와 난자가 합쳐진 수정란이 새로운 개체가 되기 때문에, 인간은 당연히 다세포 생물이고 생식세포분열을 합니다."

마돈나를 닮은 생물선생은 정자와 난자를 발음할 때 얼굴이 붉어졌다.

"인간의 정자와 난자는 어떻게 만납니까?"

반 아이들이 키득거렸고 마돈나는 얼굴이 더 붉어졌다.

"두 개의 세포가 합쳐진 수정란도 생물의 종류에 따라 고유한 염색체 수를 유지합니다. 이와 같이 대를 거듭해도 염색체 수가 늘어나지 않고 유지되는 원리는 생식세포분열이 바로 감수분열을 하기 때문이에요."

아이들은 생물선생의 말에 귀를 귀우리지 않았다. 지금 뒤에서 일어나고 있는 일에만 관심이 있었다. S가 B를 향해 가운데 손가락을 올리고 노려보았다. 하얗게 질린 얼굴로 B도 벨트를 풀었다.

"생식세포 형성 시 염색체 수를 반으로 줄이는 분열을 감수분열이라고 하고, 이때 생식세포의 염색체 상을 단상 N이라고 하는데……."

생물선생은 의도적으로 뒤돌아 칠판에 판서를 시작했다.

"체세포의 염색체 상을 복상 2n이라 한다고 할 때……."

S가 성기를 붙들고 풀무질을 시작했다. 점점 부풀어 오르기 시작했고 숨소리도 거칠어졌다. 하지만 B는 자신만큼 주눅 든 성기를 붙들고만 있었다. 판서를 하던 생물선생의 손이 떨렸다. S가 끄응, 심호흡을 하며 누렇고 미끄덩한 분비물을 책상 위로 쏟아냈다. 수업을 마치는 벨이 울렸다. 도망치듯 생물선생이 교실을 빠져나갔다.

S는 B의 뒷덜미를 잡아챘다. 고자새끼가 골키퍼를 하고 있으니 자신이 자살골을 넣게 된 것이라고 했다. 자신의 배설물을 핥아 먹으라고 했다. B는 울 것 같은 표정으로 고개를 저었다. 그러나 그의 얼굴을 책상 위에다 박았다. 주위에 서 있던 아이들은 낄낄거릴 뿐이었다. S는 불안했고 초조했다. 자신을 욕하거나 방심한 골키퍼에게 책임을 물어주면 후련할 것 같은데, 아무도 그러지 않았다. 학교 행사 때면 자신의 아버지가 후원금과 간식을 전담했다. 그런데 자신의 마음을, 자존심을 아이들은 나 몰라라 했다. 공격수를 기꺼이 양보하고 수비수를 택한 의도도 아랑곳 하지 않았다. 아이들은 방관자로 있으면서 그에 떨어지는 콩고물을 얻어먹는 것에 만족했다. S는 책상 위에 있던 샤프펜슬을 움켜 쥐었다. 그대로 B의 뒷머리를 찍었다. B가 아악! 소리를 지르며 손으로 감싸는 사이, 이마를 찍었고 얼굴을 가린 손을 찍었다. 피투성이가 되었다. 언제나 그렇듯 아이들은 적당히 거리를 두고 그 모습을 구경만 했다……

나는 숨을 제대로 쉴 수가 없었다. S와 B, 이니셜을 해석할 필요조차 없었다. 온몸으로 소름이 돋았다. 손이 떨리고 집중도 안 됐지만 이어지는 다음 내용을 읽기 시작했다.

소년은 소녀의 눈을 가리고 안았다. 소녀는 도로를 건너다가 차에 치여 죽어가던 길고양이처럼, 소년이 몸을 떨고 숨소리가 거칠어지는 것을 느꼈다. 곧이어 소년의 바지가 젖어들었고 소녀의 발바닥이 뜨뜻해졌다. 하지만 소녀는 움직일 수 없었다. 현관문 닫히는 소리가 났을 때야 소년이 철퍼덕 주저앉으며 소녀를 놓았다.

소년은 '엄마'라고 제대로 부르지도 못하고 잠든 엄마를 흔들었다. 그러나 엄마는 잠을 털어내지 못하고 돌아누웠다. 소년의 엄마는 새벽부터 일어나 김밥을 싸고 밑반찬을 챙겼다. 몇 잔 받아 마신 술 때문에 잠에서 빠져나오지 못했다.

엄마는 잠긴 목소리로 왜냐고 소년에게 되물었다. 소년은 말을 못하고 손가락으로 거실을 가리켰다. 엄마는 누운 채로 손을 뻗어 조금 열려 있던 방문을 밀었다. 왈칵, 비린내가 났다. 하지만 어두워 아무것도 보이지 않았다. 천천히 일어나 거실로 걸어나갔다. 처음 울포에 왔을 때 갯내가 너무 심해 애를 먹었다. 8월 말이라 아침저녁은 쌀쌀했고 연일 날씨가 흐린 탓에 바다는 비린내만 풍겼다. 그럼에도 소년에게 파란색 수영복을 입히고 아빠를 따라온 소녀의 가방에서 분홍 수영복과 수영모를 꺼내 입혔다. 아이들을 모래사장에서 놀게 하고 준비해 온 음식들을 차렸고 남편과 그의 친구를 위해 술과 안주를 내놓았다. 주방칼로 수박을 잘라 쟁반 채 놓았다.

그런데 모든 게 엉망이었다. 엄마는 손으로 입을 막고 피의 붓질을 따라 현관으로 걸어나갔다.

나는 그대로 고개를 처박고 한참을 그대로 있었다. 작품 외에 따로 쓴, 미나의 글 한 편이 또 있었던 것이다. 미나는 아빠를 용서해 달라고는 도저히 말할 수 없다고 했다. 단지 이제야 알게 되었고 오빠의 곁을 떠나겠다고 했다. 오빠가 얼마나 큰 고통을 당했는지 너무나 잘 알고 있기 때문이라고. 오빠한테 아무 말도 하지 못하는 것을 이해해주겠느냐고, 자신이 대신 속죄를 한다고 했다.

그러니까 울포 MT 때 그들은 서로가 누군지 알게 된 것이다. 미나의 작품을 읽고 경민은 확신했다. 미나가 이름만 개명하지 않았어도 아니 성만 바꾸지 않았어도 경민은 그 아이라는 걸 단박에 알았을지도 모른다. 경민이 미나가 누군지 알았을 때는 너무 늦은 후였다. 하지만 미나는 경민이가 자신의 작품을 읽지 않았기 때문에 모를 거라고. 그래서 USB에 사건의 발달이 된 작품과 속죄의 글을 담아 부모님께 받치고 작별 인사를 하기 위해 경민을 찾아 갔던 것이다. 하지만 경민이 자신의 가슴에 칼을 꽂고 눈을 상해한 후였다.

그 이틀의 시간이 경민에게 어떤 고통이었고 괴로움이었을까? 만약 내가 바이칼로 여행만 가지 않았더라면…… 아니 내가 휴대폰만 가지고 갔더라면…….

"누나, 어쩌면 좋아! 이제 모든 게 분명해졌어. 미나를 어떻게 해야 해? 아니 내가 어떻게 해야 해?"

그렇게 울며 묻는 경민이 눈앞에 보이는 듯했다. 내가 없으니 명우에게 도움을 청하는 긴 문자를 보냈던 것이다. 세상에 인간이 자신의 목숨을 끊는데 어떻게 단 한 줄의, 아니 단 하나의 흔적도 남기지 않을 수 있겠는가? 그런데 명우는 알지 못했다.

> 우울한 생각들에 사로잡혀 있을 때,
> 책들에게 달려가는 것보다
> 더 나은 방법이 없었어.
> 그러면 나는 곧 책에 빨려 들어가고
> 내 마음의 먹구름도 이내 사라졌어.
> 소설을 쓴다는 게
> 얼마 전부터 두려워졌어.
> 블라인드를 걷으면
> 트라우마에 갇힌 삶에서
> 벗어날 수 있다고 생각했거든.
> 그런데 블라인드 뒤에
> 어린 소년과 소녀가 성장해서
> 다시 만날 거라는 것은 몰랐어.
> 형, 어떻게 해야 해?

문자를 받고 전화라도 해줬더라면, 거지 같은 이모티콘을 날리지 않고, 전화 한 통만 해줬더라면…….

아아아아!

청운사 빈 종무실에서 소리를 지르고 컴퓨터 자판을 주먹으로 마구 두드렸다. 하지만 그 시간만은 되돌릴 수 없었다.

청개구리와 동거

우리 방에는 어느 날부턴가 귀엽고 작은 청개구리 한 마리가 살고 있다. 창살을 옮겨 다니면서 우리와 똑같이 전방轉房도 한다. 이 방 저 방을 옮겨 다녀 봐도 우리 방이 좋은지 이제는 아예 눌러 살고 있다.

아침에 눈을 뜨자마자 청개구리와 눈인사를 한다. 잠깐이라도 눈에 보이지 않으면 궁금하기도 해서 이곳저곳을 찾아본다. 그리고 청개구리에게 말을 걸어본다. 그럴 때마다 마치 내 말을 알아듣는 것처럼 몸을 움직이고 눈을 감았다 떴다 말대꾸를 한다. 요즘은 청개구리 한 마리로 인해 우울했던 마음이 풀리고 행복해진다. 하지만 날씨가 추워지면 청개구리는 동면에 들어가야 할 테니 이곳을 떠날 것이다. 그리고 나도 이곳을 떠날 것이다. 청개구리하고도 이별을 해야 한다. 나에게 잠깐이나마 행복을 주었던 청개구리가 있어서 좋았다.

청개구리야, 고마워!

이 글을 최우수 작품으로 선정했다. 생과일 케이크에 초를 꽂고 함께 불을 끄며 종강 파티를 했다.

문집을 만들기 위해 그동안 수형자들의 작품을 살폈다. 문장을 고르고 덧붙였다. 원고지 열 장의 인사말을 쓰느라 끙끙댔다. 새삼 글을 쓴다는 것이 쉽지 않다는 것을 실감했다. 이런 실력으로 무슨 소설을 쓰겠다고 했는지 부끄러웠다. 인쇄소에 원고를 넘기고 지하주차장으로 향했다. 내년 복직할 때까지 청운사에서 지내기로 했다. 천 원 점심 비빔밥 공양을 다시 하기로 했다.

청운사로 돌아가기 전에 나는 과일가게에 들렀다. 귤과 딸기를 한 박스씩 샀다. 명우 아내에게 선물하기 위해서였다. 명우가 이번에는 진짜 아빠가 되었으면 하는 간절한 바람이었다. 불심이 담긴 선물인 만큼 반드시 효험이 있을 거라는 내 말에 명우는 서양남자보다 동양남자를 한번 믿어 볼게, 라고 했다.

.

이 작품을 쓰면서 참고 및 인용한 부분

1. 126쪽. 한국미니픽션작가모임 지음, 『내 이야기 어떻게 쓸까?』 내용 인용.
2. 195쪽. '글나들이'는 원광대학교 문예창작학과 소설창작 동아리 이름.
3. 228쪽 「거울」, 230쪽 「환생」, 240쪽 「청개구리와 동거」는 2015년 문화예술교육 『내 생애 가장 행복했던 순간』 문집에 실린 수형자의 글.
4. 232쪽, 신용목 『아무 날의 도시』, 「칼끝에 혀끝을 대보는 순간」 부분.

어떤 자리에서 지인이 내게 물었다. 가훈이 뭐냐고. 가훈? 아직도 그런 질문을 하는 사람이 있어? 이렇게 물을 수도 있겠다. 그러나 그 지인은 '가족'이나 '자식'이라는 단어를 최고로 두는 사람이었다. 나는 그래서 대답했다. 불광불급不狂不及이요. 가훈과는 어울리지 않는 단어였지만 어찌된 일인지 그 지인은 더 이상 질문하지 않았다.

책상 위에 이 단어가 붙어 있다. 하지만 매번 소설에 미쳐 살 수는 없었다. 어딘가에서 해찰을 하고 있었다. 그런데 다시 한번 미쳐보라고 기회를 주었다.

한국출판문화산업진흥원의 출판콘텐츠 창작 지원사업에 선정되어 『블라인드』를 출판하게 됐으니.

내 부끄러움을 감추기 위해 추천 글을 부탁했는데 기꺼이 응해주신 윤흥길 선생님과 이병천 선생님께 감사드린다.

나를 부추겨 이 사업을 함께 한 '도서출판 바람꽃'의 권영임 편집장께도 감사드린다.

책 한 권을 출간하는데 너무 많은 시간이 걸렸다. 신세를 진 지인들도 많다. 그들에게 갚기 위해서라도 다시 불광불급하려고 한다.

2018년 가을에
장마리